U0730555

我读
3

马鼎盛
梁文道 主讲

凤凰书品 编

湖南文艺出版社
HUNAN LITERATURE AND ART PUBLISHING HOUSE

博集天卷
CS-BOOKY

伟大的失败者

寻求哲人石

当世界年纪还小的时候

镀金中国

也同欢乐也同愁

从战争中走来

伟大的失败者

Why Societies Need Dissent

社会需要不同意见

凯斯·桑斯坦（Cass R. Sunstein, 1954—   ），法学博士，哈佛大学法学院教授，美国艺术与科学院院士。著有《民主和言论自由的问题》《不完整的宪法》《自由市场与社会正义》等。

社会需要不同意见，因为情况越复杂，我们越是要避免大家都变成同一个大脑、同一种人。

20 世纪 60 年代发生过一起著名的"猪湾事件"[1]，当时年轻的肯尼迪总统找了一批流亡在美国的古巴人组成游击队，让他们偷偷回到古巴，试图推翻刚刚站稳脚跟的卡斯特罗政府。结果整个军事行动完全失败，不少人被杀被俘，卡斯特罗还用这些俘虏要挟美国给了他一大笔援助。这对肯尼迪政府是个很大的打击。

事后，每一个参与军事讨论的人回想起来，都觉得这个

---

[1] 1959 年 1 月卡斯特罗在古巴建立共产政权，成为美国的心腹之患。美国担心距离美国海岸只有 100 多公里的古巴将成为苏联人威胁美国的滩头堡。从 1960 年起，中央情报局开始招募境内的古巴流亡分子，准备推翻卡斯特罗政权。1961 年 4 月 17 日，这支 1500 多人组成的队伍在美国飞机和军舰的掩护下突袭古巴，占领吉隆滩，但 72 小时后就被卡斯特罗领导的军队打败，90 人被杀毙，1000 余人被俘获。第二天，赫鲁晓夫写信给肯尼迪，警告停止对古巴的侵略，并声称，苏联准备向古巴提供所需的一切帮助。刚刚上任 90 多天的肯尼迪政府为此大失颜面。此后，古巴开始与苏联靠近，这个靠近不断升级，最终导致了 1962 年的古巴导弹危机。

计划简直愚蠢得要命，根本不可能成功。奇怪的是，为什么当时没有人发现问题呢？每个人都越说越兴奋，觉得这个计划一定可行，完全看不到它的盲点，哪怕是一点点失败的风险。

人都有一个共性：我们渴求他人的认同，也倾向于附和他人的意见，因此往往会把自己的真实感受和想法压下去。《为什么社会需要不同的意见》这本书中举出很多例子，说明一个没有不同意见的团体有多么可怕。

美国曾经很流行一种小型的投资俱乐部，亲朋好友聚在一起，大家拿出一笔钱来，一起做投资或买卖股票。结果发现，如果这个俱乐部的成员之间关系很好，常常喝酒烤肉，家庭聚会，那么投资成绩通常都会很烂。相反，如果他们的人际关系很紧张，总是有人处在对立状态，投资结果反而会很好。

当一群人意见完全一致，就等于变成了一个脑子，他们作出的决策往往会有各种盲点和问题。作者在书中揭示了这一点，认为意见的存在对一个政府、一个社团或一家公司来说非常重要。如果所有人的想法都一样了，则会变得非常危险。

为什么我们倾向于认同他人呢？心理学家所罗门·阿希(S.E.Asch)[1]做过一个著名的实验，他在一张白纸上画了几条

---

[1] 所罗门·阿希(Solomon E.Asch, 1907—1996)，美国社会心理学家，格式塔心理学派的先驱，以研究群体中的从众（conformity）行为闻名于世，著有《社会心理学》等。

黑线，其中一条的长度明显跟其他不一样，然后他拿着这张纸问参与实验的人："这些线一样吗？"

他故意在实验团体里设下"埋伏"，十个人中可能有七八个都是他事先安排好的。实验一开始，这七八个人也都说出真实看法，认为有一条线跟别的线明显不同。第二回做实验时，他要求那七八个埋伏下去的助手开始说谎，大家都说这些线看起来长短完全一样。这时候，另外那几个被蒙在鼓里的实验对象居然真的看不出来了，或者开始怀疑自己，最后他们都会说，对，这些线看起来是一样长的。这就是成语所说的"指鹿为马"。

桑斯坦教授说，为什么我们会轻易认同他人呢？首先，我们常常会觉得自己拥有的资讯不够多，很想听听别人的意见；第二，我们缺乏自信，而越缺乏自信就越容易盲从；第三，我们很在意别人是否认同自己，哪怕是在一个陌生的实验团体里面，也生怕别人觉得自己是个怪人——为什么大家都看到几条线一样长，只有你看到的不一样呢？这种担心和忧虑难免会让你放弃最真实的感受，屈从于他人的意见。

现在网上的一些论坛也常常出现党同伐异的情况，有些讨论非常极端。桑斯坦教授说这就是小团体中最容易出现的极端化现象，恐怖分子就是这么产生的。如果一群恨美国的人聚在一块儿，大家讨论着要搞点儿恐怖活动，这时候那些有不同想法的人就不敢表达意见了。这种情况下似乎谁说得越极端、越激烈就越容易获得大家的认同，最后只能越走越歪。

社会需要不同意见，因为情况越复杂，我们越是要避免大家都变成同一个大脑、同一种人。

（主讲　梁文道）

《黑天鹅》

意料之外的世界

纳西姆·尼古拉斯·塔勒布（Nassim Nicholas Taleb, 1960—　），风险管理论学者，纽约大学库朗数学研究所研究员，另著有《随机致富的傻瓜》等。

完全出乎意料的事件是一种离群状态，这种状态往往会带来令人惊诧的重大改变。

没去过澳洲之前，欧洲人一直以为所有的天鹅都是白色的，直到遭遇了第一只黑天鹅，他们的观念彻底改变了，这就是"黑天鹅效应"。这种完全出乎意料的事件是一种离群状态，这种状态往往会带来令人惊诧的重大改变。

假如只是因为发现了一只黑色的天鹅就颠覆掉天鹅是白色的这个习惯想法，还算是小事。更严重的情况是什么呢？举个例子，假设我们都是小猪，每天都会有一个人过来喂我们吃东西，对我们很好，把我们养得白白胖胖。这样我们就会有个错觉，觉得自己以后大概都会这么幸福地被喂养下去。直到有一天，他拿刀来宰我们，这第301天的一刀足以改变世界，让我们知道过去300天来所习惯的想法和预期是多么不可靠。

这本书的作者塔勒布是黎巴嫩人，但他更喜欢称自己为黎凡特[1]人。他是个学者，在大学教书，研究经济学、哲学和心理学，也在华尔街做过交易员，自己还开过一家顾问公司。塔勒布的想法特立独行，他对主流经济学相当不满，对一些统计学家也颇有意见，于是就写这本《黑天鹅》作为反驳。

书中所举的例子很丰富，也不乏学理上的支持，比如英国哲学大师休谟[2]的一些观点。作者说其实归纳法并不是什么严格可靠的科学，但人类总有一种惯性，在面对一连串事实的时候，很难不去编织故事。对事实进行逻辑连接，强加关系箭头，就产生了所谓的因果关系。其实因果关系在大自然中并不必然存在。

比如有人想研究百万富翁，方法是找到二三十个百万富翁，分析他们的性格特点、行事规律和做人技巧，进行归纳，然后告诉大家，如果你这样做也能成为百万富翁。结果很多人就被误导了，因为我们忽略了更重要的一点，就是具有相同性格特点和做事方法的人为什么没有成为百万富翁？那些

---

[1] 黎凡特（Levant），一个不精确的地理名称，指中东托罗斯山脉以南、地中海东岸、阿拉伯沙漠以北和上美索不达米亚以东的一大片地区。黎凡特文化曾经在西奈半岛和尼罗河占支配地位。

[2] 休谟（David Hume，1711—1776），英国哲学家，历史学家，经济学家。休谟的哲学是近代欧洲哲学史上第一个不可知论的哲学体系。

人并没有被研究，不是吗？

推理错误产生的原因是逻辑上的差异，比如有人说，我们没有证据证明将有一次大地震灾害发生，可是有人听了这番话之后，也许就误会扭曲成，大地震不可能发生了。而这两者是完全不同的，前者是说我们找不到地震将要发生的证据，后者是说我们能够证明地震不会发生。两种不同的证明，却常常被很多人搞错。

这本书攻击的最大目标是高斯曲线，也就是经济学、数学和统计学上常用的那种钟形曲线。学数学的人都用过钟形曲线，比如统计平均身高，假设一个国家男子的平均身高是1.76 米，那么可能大多数人都是这个平均值，更高或更矮的人数会越来越少，这种现象可以用一条钟形曲线表示出来。

但是塔勒布反感这样的说法，认为钟形曲线的焦点完全放在了普遍事件上，而忽略了离群事件。我们今天这个世界已不再是钟形曲线所能概括的平庸世界，它变得越来越极端。比方说，两位作者的书加起来卖了 100 万，你以为一定是每个人卖了 50 万吗？熟悉出版市场的人会知道，绝大多数情况是一个作者卖了 98 万，另一个只卖了 2 万。

（主讲　梁文道）

The Shallows

互联网让我们变浅薄？

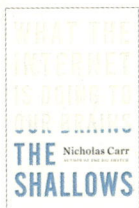

THE
SHALLOWS

Nicholas Carr

尼古拉斯·卡尔（Nicholas G. Carr, 1959— ），美国作家，专注于技术和商业文化研究，曾任《哈佛商业评论》执行主编。著有《IT不再重要》《大转变——审视世界，从爱迪生到谷歌》等。

互联网影响我们的大脑构造，使人类不再习惯像从前那样做深度思考，而逐渐流于浅薄。

不知从什么时候开始，由于互联网上资讯太多，在网上发帖的人都想尽办法吸引别人的眼球，于是题目写得越耸人听闻越好，最后人人都成了"标题党"。现在流行的微博也是如此，微博本来是朋友之间交流用的，奇怪的是在中国这个地方，竟成了出名的工具。大家都想吸引更多人来关注自己，最后把微博变成了"终极标题"，每一句话本身就像一个标题。

久而久之，很多人不会写长篇文章了，而擅长取一个看上去挺吓人的题目。在人人都成为标题党的年代，你跟那些有名的网络作家们聊天，会发现他所谓的观点不过只是一句话而已，这句话放在微博里刚刚好，你要他扩展成一篇文章，或者一段可持续的对话，他可能根本说不下去。

The Shallows 的副标题是"互联网对我们的大脑做了什么？"作者的答案是：浅薄。互联网使我们的脑子变浅了，不再习惯于深刻思考。自互联网出现以来，它对人类文明发展的利弊就引起过很多争论。作者认为，互联网有一定的益处，但是害处更大。之前他写过一篇文章《Google 是不是使得我们变笨了》，遭到很多人质疑，现在他索性写出 The Shallows 这本书作为回应。

作者说，其实所有的媒体都不仅仅是传播工具，媒体的形式本身已经在影响人类了。学者麦克卢汉有一句名言："媒介即信息。"比如看电视，我们在电视上看到的内容是信息，而电视播放的方式本身也是信息，它甚至能够影响你看世界的方法和思考问题的方式。

关于这个问题，过去很多学者都作出过深入分析。就互联网而言，看惯互联网的人可能很难再捺着性子去读一本厚厚的书了，因为习惯于浏览网页会使人慢慢失去注意力，在网上人们很难读完一篇长文章，而是习惯于使用超链接，只要看到感兴趣的地方，我们可以立即点击进去，在几个网页之间来回游移，最后变得越来越没有耐性。

尼吉拉斯·卡尔认为，这种思考方式反而更像我们的祖先了。人类的大脑本来对外在世界的刺激很敏感，当我们的祖先生活在旷野和森林之中的时候，任何风吹草动都会引起他们的注意，那是他们的生存之道。可是经过长时间的文明发展，人类好像又返祖了，因为互联网也会不断给人刺激，让人分心，使你的意志和精神跟着外界走。

为了进一步说明互联网使我们的大脑产生的变化，作者还试图运用现代神经科学来解释这个问题。我们知道人类的大脑并不是成年之后就定型了，大脑里面各种神经元的连接也在不断变化。如果有一种技能很久没用，这个神经元的连接就会逐渐减弱甚至中断。因此作者说，互联网也在影响我们的大脑构造，使人类不再习惯像从前那样做深度思考，而逐渐流于浅薄。

以学者们的研究为例，现在很多学者的著述所引用的资料越来越少，明明上网查资料比以前方便了，为什么论文所引用的资料越来越少呢？因为大家都没有兴趣去看那些冷门的东西了，找到的都是谷歌搜索出来的头十项，大家看的东西都一样，想的东西也一样，渐渐地都没有什么深度了。

（主讲　梁文道）

Born Digital

数字原住民

派福瑞（John G.Palfrey），哈佛大学法学院教授、法学院副院长、贝克曼互联网与社会研究中心主任。

加瑟（Urs Gasser），瑞士圣加伦大学信息法研究中心教授。

过去人的档案是一种需要刻意保存才能留下来的东西，现在则需要特别小心才能不被保留下来。

20 世纪 90 年代中期，哈佛大学法学院决定把教室重新装修一番，在每个学生的桌上都装上电脑，让他们有需要就可以随时上网，但这些东西很快又都拆掉了。因为他们发现学生上课的时候不再专心听讲，而是在网上闲逛或聊天。但是拆掉就有效吗？现在大部分学生都带着笔记本电脑去上课，甚至只用手机就可以随时聊天，上课的时候一边听一边跟网络上的人沟通，这样教育还怎么搞？

面对这些问题，很多所谓"大人"们都非常苦恼，这已经不是简单的年龄代沟，而是一个数字代沟。*Born Digital* 这本书中就提出了一个近几年很红火的概念——"Digital Dative"，我把它翻译成"数字原住民"。

我小时候从没有用过电脑，后来虽然有了个人电脑，但是始终觉得它是一个新事物，是需要我逐渐适应和掌握的工具。我们这些70后和所谓的80后和90后最大的不同在于，他们出生之前，电脑就已经存在了，他们一开始就生活在互联网的世界里，生长在数字化年代，他们对世界的认知和我们这些非数字化时代过来的人是完全不同的。

比如朋友之间的交流，我们年轻的时候喜欢请朋友到家里头来，一起听唱片或看录像带。现在不同了，如果有好的电影或音乐，那些孩子会说"我发一个给你"，在网上传来传去，就没有了碰面的需要。两个人可能几个月都没有见过面，却声称彼此是好朋友，这与我们那时候对朋友的定义是不一样的。

现在大家在网上花去的时间都很多，以至于与家人相处的方式也不同了。你让一个孩子不要玩电脑了，出来吃饭，他可能一边吃一边还拿着手机在下头拼命发短信。其实大人们也一样，现在一桌人吃顿饭，从头到尾没有一个人发短信几乎是不可能的。

在这种环境之下，我们可能会面对很多新挑战，本书试图帮助我们了解并思考这些变化，习惯新的生活规则及法律政治制度，适应这个数字化时代。比如现在很多人都面临着严重的身份认同问题：我们可以在网上创造无数个自己的分身，博客上用一个名字，别的地方用另外一个名字。在任何地方我们都可以使用各种工具塑造一个自己喜欢也讨人喜欢的形象，男的可以变女的，女的可以变男的。

但问题的吊诡之处在于，今天一个人的身份反而更容易被标示出来。四百年前，如果一个人从乡下搬到城市，就可以完全抹掉他的过去，开始新的生活。但是今天只要开始上网，那么你去过什么地方，做过什么事情，说过什么话，在网络世界都会留下痕迹，变成一种档案。过去人的档案是一种需要刻意保存才能留下来的东西，现在则需要特别小心才能不被保留下来。

举例来说，以前公司聘请人，可能主要看你过去老上司的推荐信或你的简历，但现在的老板可能还会上 Google、百度查一下你所有的相关资料，这些资料很可能是你自己都不知道，也无法改写的。

比如你的小学同学关于你的回忆，那些回忆可能是你不想提起的，是你的隐私，但是因为别人把它写在自己的博客里头，它就成了你的公开档案。我们现在每天在网络上生活，等于留下了大量的足迹和信息，这些信息被掌握在一些我们可能根本不认识的人手上，他们会不会弄虚作假？会不会用这些东西来伤害我们？这个时候，我们唯一能做的就是对这些陌生人抱最大限度的信任。

（主讲　梁文道）

REMIX

商品经济与分享经济

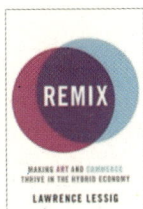

REMIX

MAKING ART AND COMMERCE
THRIVE IN THE HYBRID ECONOMY

LAWRENCE LESSIG

劳伦斯·莱斯格（Lawrence Lessig, 1961—　），耶鲁大学法学博士，现任斯坦福大学法学院教授，美国艺术与科学院院士。著有《代码：塑造网络空间的法律》《自由文化》《Code2.0》等。

他们并没有得到什么物质的好处和回报，可是他们得到了什么呢？一种像礼物一样的感觉。

迪士尼公司闹过一个笑话。我们知道现在的小孩子都是看迪士尼卡通片长大的，有一个幼儿园的老师为了哄小朋友开心，就在学校外头的围墙上画了很多迪士尼的卡通人物，结果被迪士尼公司的律师看到，控告这个幼儿园侵犯了迪士尼的知识产权。

这个荒谬的例子其实能够提醒我们很多问题，我们常说要保护知识产权，但是这种保护到底有没有界限？尤其在互联网时代，网络上的下载互传都很容易侵犯别人的知识产权，难道要把所有的网民都逮捕起来控告吗？面对这样的现实，法律又该如何适应呢？REMIX 这本书谈的就是这个问题。

作者劳伦斯·莱斯格是研究与互联网有关的法律和版权

问题方面的著名学者，他一直提倡"Free culture"，就是自由
文化这个观念，希望人们能够从版权的桎梏中解放出来。这
当然对现有的版权观念构成极大挑战，但它的提出也有一定
的现实基础。

　　书中举了一个例子，说有一个妈妈在家里放音乐，她的
小宝宝刚刚学会走路，听到音乐突然跳起舞来，妈妈很高兴，
就马上拍下来，还传到网上去，结果居然被唱片公司控告侵
犯版权。难道这个妈妈真的是想免费给大家听音乐吗？只不
过这段音乐刚好让她的宝宝跳舞了，她想让大家注意的是宝
宝的舞蹈。

　　从这个例子看，现在的版权观念确实存在很多问题。作
者又举了个例子，他的一个好朋友是文学评论家，在评论一
本书的时候，他大量引述了书中原文，然后再把它们结构成
一篇完整的、有逻辑的文章。这当然是很有创意的，但是你
能认为他侵犯了作者的版权吗？如果他要评论海明威，是不
是也应该写信给海明威的遗产委托人申请许可？如果我们引
述别人的文章不算侵犯知识产权，那么引述音乐和电影为什
么犯法呢？

　　作者指出，其实上述所有例子都是一种"REMIX"，就是
混合行为。不管妈妈用音乐逗宝宝跳舞还是作者引述别人的

语言进行创作，都是混杂现有的文化产品，并将它们改造成一个新事物。在这里，原来的东西已经被赋予新意义，有了新面貌。

其实这种文化在人类历史上是源远流长的，从前人们读书的时候可以随便在上面评点批注，听音乐的人多半自己也会唱歌、玩音乐。但是到了20世纪，大部分文化反倒变成了"只读文化"，大部分人只是消费音乐、电影和文字而已。

作者还提到了一件小事，说自己有一次在飞机上遇到一个人，拿了一大堆自己翻录的碟片正在看。劳伦斯·莱斯格教授本人一向鼓吹自由文化，倒不觉得这样的行为犯法，他还忍不住问："你有这么多电影，我给你钱，我们一起看好吗？"没想到这个小伙子非常不悦，说："你可以跟我借啊，为什么要给我钱呢？"

由此作者领会到，原来经济活动也可以分为两种，一种是Commodity economy（商品经济），另一种是Share economy（分享经济）。显然这个年轻人奉行的是一种分享经济，就像维基百科一样，每个人都觉得自己有义务在它上面提出问题并帮助解答和修正。也许有人会说，他们并没有得到什么物质的好处和回报，可是他们得到了什么呢？一种像礼物一样的感觉。

　　在日常人际关系中，有很多行为与这种分享经济有关，比如我送个东西给你，你也送个东西给我；我跟你说早安，你也会跟我说早安。在互联网世界中，我们彼此间的关系也像这种有来有往的分享关系，当这种关系聚成一个群体比如维基百科，大家就会觉得自己应该对它承担某种义务，而我们是不会对当当网承担什么义务的，因为那只是个商品网站而已。

　　所以作者认为有必要区分清楚，其实今天的很多文化行为并不是版权盗用，因为大家都没有想到钱的问题，我们只是在分享一些东西，这就是 REMIX，当然它也难免会对商品经济造成一些影响和打击。

（主讲　梁文道）

《伟大的失败者》

伟大的失败者与冷酷的成功者

伍尔夫·许奈达（Wolf Schneider），德国著名的亨利·南恩新闻学校校长，培育了许多新闻人才。早年曾任美联社驻慕尼黑新闻特派员、《世界日报》总编辑及北德电视台（NDR）访谈节目主持人。著有《新闻工作最新指南》《学校忘了教我们的生活德语》等。

我们常常以为很多重要而伟大的事情都是由成功人物做出来的，这本书却告诉我们，成功人物往往只是比较狡猾冷酷和心狠手辣。

我最怕别人提"成功人士"这几个字，一听就会起鸡皮疙瘩。什么是成功人士？我们为什么那么渴望成功？《伟大的失败者》这本书告诉你失败者也可以很伟大。

书中介绍了历史上很多"失败者"的故事[1]，他们明明很有才华，而且为自己的事业付出了艰辛努力，但也许运气不够好，也许竞争太残酷，总之最后还是失败了。坦白讲，看完这本书，你会觉得这里面的一些人恐怕还算不上是失败者，倘若那种失败也叫失败，就真是虽败犹荣了。

---

[1] 这些人物包括：歌利亚、贝林格、史密斯、隆美尔、切·格瓦拉、戈尔巴乔夫、戈尔、莉泽·迈特纳、艾伦·涂林、玛丽·斯图亚特、路易十六、威廉二世、老约翰·斯特劳斯、海利希·曼、费迪南·拉萨尔、托洛斯基、王尔德、汉姆生、毕希纳、凡·高、丘吉尔、尼克松等。

　　隆美尔就是一位很威风的失败者。他是二战期间享誉全世界的德国名将，做过纳粹陆军军团的元帅，绰号"沙漠之狐"。当年，隆美尔在北非与英国作战的时候，德军完全处于弱势，人数及装备等各方面都远不及英军。但是隆美尔偏偏能神出鬼没地运用"闪电战"技巧，把大量坦克集中到前线一字排开，光这种气势就震住了英军，在好几次战役中都把英国人打得落荒而逃。

　　他了不起的军事才能就连他的对手都十分佩服。在他带领德军把英国的北非军团打得屁滚尿流之际，英国报界送给他一个封号——"沙漠之狐"。丘吉尔也在英国国会上公开称赞："隆美尔是一个伟大的统帅，尽管他在战争中让我们无比惊恐，我仍然要这么说！"

　　然而他后来被调回德国，在很多事情上与希特勒意见相左。后来他的一些部下想要发动政变刺杀希特勒，隆美尔并不赞成这样做，但他肯定知情。这便引起了希特勒的怀疑，趁着他重病做手术的时候让他服毒自杀了。如果单从结局来看，隆美尔也算是一个失败者。

　　但这样的失败也许还不是最可怜的，书中还提到了一位英国化学家罗莎琳·富兰克林，她死的时候才 37 岁。我们现在都以为，人类遗传基因的双螺旋结构的发现者是詹姆斯·沃

森和弗朗西斯·克里克，沃森还写过一本书《双螺旋》，大肆
吹嘘自己的发现多么了不起，而事实上，罗莎琳·富兰克林
才是"双螺旋结构"真正的发现者。

富兰克林是一位对实验数据非常认真的化学家，她用"X
射线绕射"分析做了将近一年的实验，发现沃森跟克里克推
论出来的模型是错误的。然后她不眠不休地继续研究，终于
在1952年7月第一次成功做出一张完美的X光绕射分析摄影
图。在这张图上，可以清楚地看到基因DNA的双螺旋结构，
她第一个拍出来并证明这个结构是真实存在的。

但这张照片在未经她许可的情况下，被她的一个同事偷
偷拿给沃森看了，沃森看到这张照片恍然大悟，它启发了他
的整个研究。1953年4月，沃森和克里克在权威期刊《自然》
上发表论文宣称自己发现了双螺旋结构。

这算不算是偷窃呢？就像当年比尔·盖茨偷窃苹果的灵
感，或者苹果偷窃实验室用滑鼠[1]的灵感一样。对这些，富兰
克林完全默默忍受，毫不做声，直到1958年死于癌症。而沃
森和克里克在1962年获得诺贝尔奖的时候，对富兰克林的贡
献只字未提，甚至在后来的自传中还不断贬低她，说她不过

---

[1] 即鼠标，"滑鼠"是香港和台湾的译法，英文原文"Mouse"。

是个"技工"，是个"满头乱发、衣着邋遢"的女人，总之描述得非常不堪。

在这个世界上，我们常常以为很多重要而伟大的事情都是由成功人物做出来的，这本书却告诉我们，成功人物往往只是比较狡猾冷酷和心狠手辣，相反，很多失败者到最后反而是带着微笑的。

你愿意做哪一种人呢？相信大部分人还是要做成功人士，这个世界上有太多人在鼓励、教育大家如何迈向成功，而事实上，绝大多数人到最后都不过是一个失败者。所以，与其学习怎样成功，还不如先学好如何做一个微笑的失败者。

（主讲　梁文道）

《少做一点不会死》

改变既不快乐又不健康的生活

李奥·巴伯塔（Leo Babauta），作家，素食主义者，现居关岛，有六个孩子。他在"禅习惯"博客(http://zenhabits.net/)上忠实记录自己如何利用"少"的力量达成自我目标，"禅习惯"已跃居全球热门博客前五十名。

一定要搞清楚自己到底想做什么。

　　金融风暴之后，许多美国人都开始反省自己的生活方式和价值观，觉得像过去那样拼命工作、挣钱，到头来反而不知道生活有什么意义。其实这不只是美国人的问题，也是所有资本主义经济发达地区的人需要共同面对的。

　　拿香港人来说，我们每个人从早到晚忙得一塌糊涂，见面第一句话通常是："你最近在忙什么？"如果你回答说"我不忙"，大家一定会觉得你有问题，好像整个人的存在都没有价值了。到底我们该不该这样生活呢？《少做一点不会死》这本书谈的就是这个问题。

　　这本书的英文版叫做 *The Power of Less*，也可以译成《少的力量》。内容大多来自作者李奥·巴伯塔的博客，他的博客名字是"禅习惯"，已经进入全世界浏览人数最多的博客前五十名，每个月都有几百万的点击量。大家到那里除了想看看他怎样教人们生活，也希望能够建立一些联系，共同进行一些改变生命的计划。

李奥·巴伯塔本来也是一个超级工作狂，但是他后来搬到离美国非常遥远，离日本反倒比较近的关岛过着隐居的日子。整本书所表达的观点非常简单，就是希望大家能够减少工作，过一种简单的生活。关键是要做自己觉得最有意义的事情，而不是像那些统筹学家所说的，教给大家同时去做好几件事。作者还发现，当你减少了工作量之后，反而能干成很多你一直想干的事儿。

他在过去几年就达成了以下目标：每天慢跑，参加过两次马拉松；健康饮食，减掉20公斤的体重并且戒了烟；写了两本畅销书，辞去工作在家自行创业；顺利还清所有债务，并存到了人生第一笔急难基金。

听起来好像十分美满，他是怎么做到的呢？其实方法很简单，就是一定要搞清楚自己到底想做什么。他对那些管理学书籍提出质疑，它们好像总是在教人怎样提高效率，而李奥·巴伯塔认为，重要的不是如何提高效率，而是为什么提高效率？作者说，多工种往往效率不佳，因为每多一个新工作，你就多一道切换程序，这个程序不仅会造成更大的压力，也提高了出错的可能性，甚至很容易让人发狂。

作者还教我们如何建立更好的生活习惯，但是一次只要培养一个习惯就可以了。千万不要对自己说：从今天开始我要戒烟、戒酒，同时开始慢跑，还要带家人出去玩，这是很不切实际的。关键是要把习惯的改变落实到位，最好是执行好一个目标再做下一个。

还有一点也很重要，就是我们必须要学会说"不"。现代人在工作中通常会答应很多事情，但是又做不完。其实我们不需要承诺那么多，搞得自己那么累。如果有人找你帮忙，不答应好像又不好，怎么办呢？作者说，其实你有一个很好、很重要的理由可以拒绝，那就是——你的时间宝贵而且有限。

对现代都市人而言，这本书还提出了一个很实际的教训，就是通信过度的问题。以前没有手机的时候，很多时间都可以自己安静地度过，可是现在我们每天大概要多用半小时的时间聊天，有了电邮，还要每天回复电邮，更不要说MSN了。按照李奥·巴伯塔的说法，这全是一些"随时打断你工作节奏的东西"。

作者建议我们，最好不用一整天都开着电话，把手机、电话铃声关掉，每天集中看一次谁找过你，用半小时回复他们。电邮也隔天查阅一次，回复必要的就行了，不必要的呢？干脆删了它！

（主讲　梁文道）

《无神论的灵性小书》

体验灵性生活

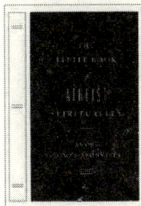

安德瑞·孔德·斯朋维勒（Andre Comte Sponville, 1952— ），唯物主义哲学家，毕业于法国高等师范学校，曾任巴黎第一大学讲师。

如果你真的认为世界上的一切都是由物质决定的，那么你能够说清楚什么是物质吗？

有人认为，如今社会上出现了越来越多的道德败坏现象，是因为我们中国人没有信仰。只有宗教信仰才能让一个社会找回健康的道德状态吗？或者说我们在灵性上的需要只能够通过宗教才能满足吗？就这个问题可以给大家介绍一本小书：《无神论的灵性小书》（The Little Book of Atheist Spirituality）。

作者是法国著名哲学家斯朋维勒，这本书与一般法国哲学那种深奥复杂或前卫先锋的风格很不一样，它擅长使用大众化的语言与读者沟通，这本灵性小书就是一本简单的小册子。

作者说自己从小是个天主教徒，后来却变成了一个坚定的无神论者，本书有三分之一的篇幅都在讲为什么上帝不存在，但他对基督教文明仍然非常尊重。尽管不相信神的存在，他依然认为宗教生活给人们带来了丰厚的遗产，它酝酿出来的种种美好的东西是值得尊敬的。

但是作者又说，一个人并不是需要皈依宗教，才能做个好人。难道只有相信神的存在，才会懂得诚实比虚伪重要，勇敢比懦弱重要，慷慨比自私重要吗？如果没有神的存在，这些道理就都要反过来吗？所以他说，人可以没有信仰，但不能没有对生活的真诚与虔敬。

虔敬与信仰有什么区别呢？信仰针对的是有神宗教，而虔敬则是对某种价值的认同和承担。一个人可以完全不相信神的存在，但依然对爱和正义充满了热忱和担当。有趣的是，与很多西方无神论者相似，作者也把佛教排除在宗教之外，认为它与西方的有神宗教是不一样的。

书中说，宗教的确有很多益处，能够酝酿出很多美好品质，比如一种人类社会不可或缺的团结感。当然没有宗教，我们一样可以相信这些价值，成为一个团结的社群。人类文明向来都强调有灵性的生活，作为一个无神论者，斯朋维勒认为，即使没有宗教信仰，人类也一样可以享有灵性生活。

这种灵性生活就是人类面对宇宙的无垠、自然的崇高所升起的那种莫名所以、超乎语言之外的感受。这种感受是很多宗教信徒都曾领会过的，比如佛教徒冥想或坐禅的时候，以及天主教徒、基督教徒每周礼拜的时候，都能感受到那种超乎个人存在的、对无限的接近。

为了证明这种感觉的产生并不一定要借助宗教信仰，作者讲了这样一个故事，他说自己二十多岁的时候，曾经在法国和比利时边界的一所中学教书。一天晚上，他和朋友信步走入森林，想穿过那里走回家。开始，他们还一边走路一边开心地聊天、唱歌，但是慢慢地，大家都静下来了。

这时候，他发现自己的头脑一下空白了，森林里是一种深沉的黑暗，而天上的星空却那么明亮。此时此刻的寂静是如此深奥、神秘，他突然陷入一种没有了语言和意义的虚空之中，脑海里不再有什么问题，只有一种狂喜而又接近无限的感受。

这种感受曾经被弗洛伊德形容为"Ocean feeling"，海洋般的感觉，这个词其实是从罗曼·罗兰那里借来的，用来形容一种宗教上的灵性体验。这种体验是弥足珍贵的，它会让人接近崇高，感觉到世界上还有超乎个人事务之外的存在，觉察到在有限生命之外，还有一个广阔无垠的、不可知的力量。

作者非常珍视这种体验，并且强调并不需要先假设一个超自然的神，我们才能够得到这种体验。作者说，一个唯物论者存在的前提就是假设是有灵性事物存在的。因为如果你真的认为世界上的一切都是由物质决定的，那么你能够说清楚什么是物质吗？你必须先在知识和概念上假定有非物质的东西存在。当然这只是逻辑上的争辩。

作者的观点很接近自然神学，认为大自然和宇宙本身充满了奥妙，能够带给我们一种日常状态之外的超验感受。我们可以有灵性生活，可以相信这个世界上有神圣事物的存在，而这些东西是整个浩瀚自然作为一个整体带给我们的。我们即使不去接受一个创造了万物的神，也可以在宏伟的神庙前赞叹演化的奇迹，在面对大海的时候感受到大自然的浩瀚无垠带给我们的震撼，那是一种无限超拔的升华感。

（主讲　梁文道）

《诗·语言·思》

诗意的居住

马丁·海德格尔（Martin Heidegger, 1889—1976），德国哲学家，在现象学、存在主义、解构主义、诠释学、后现代主义、政治理论、心理学及神学领域都有举足轻重的影响。著有《真理的本质》《林中路》《现象学和神学》等。

任何人的居住都是诗意的，就算你完全没有诗情画意和文化修养，你的居住也是诗意的。

翻开当今的流行杂志，包括一些楼盘广告宣传册，我们常常会看到这样一句话：诗意的居住。这句话好像已经被用滥了，大家都觉得似乎一定要住在山清水秀的地方，或者至少是经过特别设计的房子，居住才有"诗意"。

其实"诗意的居住"原意并非如此。这个说法出自德国诗人荷尔德林的一首诗[1]，海德格尔又对它作出了精彩的诠释。说起海德格尔，经历过 20 世纪 80 年代文化热的朋友多多少

---

[1]　荷尔德林(Johann Christian Friedrich Hölderlin, 1770—1843)德国古典浪漫派诗歌代表人物。《人，诗意的栖居》写道：如果人生纯属辛劳／人就会仰天而问：难道我所求太多以至无法生存？／是的／只要良善和纯真尚与人心相伴／他就会欣喜地拿神性来度测自己／神莫测而不可知？神湛若青天？／我宁愿相信后者／这是人的尺规／人充满劳绩／但还诗意地安居于这块大地之上／我真想证明／就连璀璨的星空也不比人纯洁／人被称做神明的形象／大地之上可有尺规？／绝无。

少都知道一些，他的很多著作曾被译成中文。当然他也引起过很多争论，首先他的作品非常不好懂；其次，据说他还与纳粹有过合作，这使他的形象多少有些受损。

但无论如何，我们都不能不承认他的思想很有魅力，至于他的文字是不是真的很难懂，也不尽然，也许是翻译有一点问题。我读过一本从英文版翻译过来的《诗·语言·思》，它的表达自然又隔了一层，读起来有些奇怪。比如在英文里面，immortal 的意思是不朽，mortal 当然是会朽坏的、有限的生命，中文里很难找到对应的词，那本书就把它译成了"短暂者"。

今天我们把书里的两篇文章联系起来读，一篇是著名的《人，诗意的居住》，另一篇是《建筑·居住·思想》。首先，海德格尔提出了一个很简单的问题：到底什么是居住？他先从语言学的角度，将德文和英文对照着去推敲，发现"建筑"的原义就是居住。而我们今天却总是把建筑当成居住的手段，因为我们想居住，所以才搞建筑。海德格尔认为，任何建筑都是一种居住，因为居住必须得有建筑。

这话听起来多少有点绕，他便用了一个精彩的譬喻来说明。我们想象有这样一条河，河上有座桥，表面上看起来这座桥不过是一个过河用的工具，但其实它的存在已经改变了整个环境。这座桥不仅把河岸连接起来，而且带给河流和对面的河岸更广阔的景观，"它使得河流、河岸和大地相互成为邻里，把大地聚集成河流周围的景观，指引并伴随河流穿过草地"。

换句话说，一座桥的出现不仅使得河的两岸可以沟通，而且河本身也更加清楚地呈现出来，河流割断大地的感觉也更强烈，从而创造出一个全新的景观。就这个意义而言，桥本身就是一件艺术品，如诗歌一般。

海德格尔曾对艺术下过一个定义，认为艺术就是让事物及其存在得以呈现。艺术不是去创造一个东西，而是让本来就存在的明明白白、如其所是地显现出来。一座桥的出现，就使得河流、河岸以及它们所联系的那片土地清清楚楚地展现出来。人在桥头，大地在下，天空在上。人是短暂者，而这个世界上种种不可知的神秘之物，则被叫做神灵。在这个场景中，海德格尔哲学的重要元素同时出现了，那就是诗和艺术。

简言之，对海德格尔而言，任何人的居住都是诗意的，就算你完全没有诗情画意和文化修养，你的居住也是诗意的。人只要存在就必须居住在这个世界上，而居住本身也让我们生活中的各种空间呈现出来，比如我们头顶的天空、脚下的大地，也许会有各种状态，而一座桥就可以使得这些东西同时显现。

　　假如你有一所房子，住在里面就表示你在世界上有了位置，我们对世界的基本认识来自你的家和房子。每个人从小就生活在家的空间里，就算孤儿也会住在孤儿院，而这个空间则会给予他关于世界的最初定向，知道什么是"外面"，什么是"里面"，这个区分是由建筑赋予的。因此建筑就是一种居住，居住就是一种建筑。

　　就这个意义而言，人的居住是把整个世界完全在我们身边敞露开来，因此它是一种艺术，艺术就是让世界展露出它原来的样子。

（主讲　梁文道）

寻求哲人石

《疯狂实验史》

搞笑的实验

雷托·U·施奈德（Reto U Schneider, 1963— ），电气工程硕士，曾入读灵吉尔新闻学校，现任《新苏黎世报》编辑，在该报辟有专栏"实验"，另著有《行星猎人》等。

他的研究与爱有关，但实验本身却没有一点人性的温暖。

　　大家晓得吗，诺贝尔物理学奖得主安德烈·海姆[1]还获得过一个荣誉——"搞笑诺贝尔奖"[2]。2000年的时候他做了一个实验，通过磁性克服重力让一只青蛙悬浮在半空中，那情形想象一下就够搞笑的。其实搞笑诺贝尔奖不可小视，每年都会有一些真正的诺贝尔奖得主出席这个颁奖大会，可见他们对这个奖多么重视。

　　这些奖项看上去好像很无聊，不过却往往能催生出真正有意义的实验。比如安德烈·海姆就和他的助手康斯坦丁·诺

　　　[1] 安德烈·海姆（Andre Geim, 1958—　），荷兰籍科学家，英国曼彻斯特大学物理教授，因在石墨烯材料方面的研究获2010年诺贝尔物理学奖。
　　　[2] 搞笑诺贝尔奖（Ig Nobel Prizes）是对诺贝尔奖的有趣模仿，其名称来自Ignoble（不名誉的）和Nobel Prize（诺贝尔奖）的结合。该奖项的主办方是一份名叫《不可能的研究记录》的科学幽默杂志。颁奖仪式在诺贝尔奖颁奖前一至两周举行，地点为哈佛大学的桑德斯剧场。

沃肖洛夫一起用最普通的家用透明胶带，一次又一次把铅笔
尖的石墨贴到最薄的层次。这听起来非常简单，但这种恶作
剧性质的搞笑实验却最终创造出了很多重要成果[1]。

过去很多人都觉得中国学者太严肃了，意外的是今年的
搞笑诺贝尔生物奖颁给了广东昆虫研究所的学者，他们用红
外摄像机拍摄蝙蝠夜晚活动时发现它们会利用口交延长交配
时间。这听起来确实挺有趣的。

类似的例子在《疯狂实验史》中数不胜数，书中罗列了
几百年来历史上曾经进行过的疯狂实验。比如17世纪的时候，
有一个叫圣多里奥的意大利医生，三十多年来坚持不懈地想
要量出自己体重的变化。后来他用一根绳子，把所有家具包
括工作台、椅子和床都连在房顶的天平上，等于是做了一架
巨大的秤。

经过长达三十年的研究，他得出了什么结论呢？在《静
态医学医疗术》(De Statica Medicina) 一书中，他披露了这样
一个事实：人们所排泄的大小便仅占进食的食品重量的很小
一部分。如果一个人一天进食八磅肉和饮料，那么有五磅都

---

[1] 安德烈·海姆和康斯坦丁·诺沃肖洛夫所制成的石墨烯材料是目前世界上最薄
的材料，仅有一个原子厚，而且石墨烯高度稳定，即使被切成一纳米宽的元件，导
电性也很好，石墨烯被认为会最终替代硅，引发电子工业革命。

在不知不觉的情况下蒸发了，这种看不见的蒸发首先是排汗。圣多里奥由此成为量化实验医学的鼻祖。

接下来这个实验就有点恶心了。1802年，美国宾夕法尼亚大学的一位博士生提交了一份相当可怕的博士论文，他的研究可以告诉大家做科学实验有多么不容易。斯塔宾斯·弗斯从18岁就开始关注黄热病的传染问题。他先是拿小狗做实验，喂它吃一些黄热病人的呕吐物，结果狗没事，拿别的动物实验也一样，这就证明黄热病不是通过接触传染的。

接着他又换了个方法，在狗的背上切开一块皮，把黄热病人的呕吐物贴在狗皮上缝回去，狗还是没事。后来他还拿自己做实验，在自己身上划开伤口再敷上呕吐物，先后在全身20个部位重复这个实验，基本上陷入自虐状态，结果都平安无事。他又把这些呕吐物像眼药水一样滴到自己眼睛里，没事。再把呕吐物放在火上烤，吸那些蒸汽，还是没事，最后他又把这些呕吐物制成硬饼干一样的东西吞下去，居然还是没事。

后来他终于拿血液开刀，喝了大量病人的血液，还把血液敷在自己的伤口上，结果都没事。其实那只是因为幸运，因为黄热病确实是可以通过血液传染的。大概是他实验做得太久，一天到晚接触这些病菌，已经有了免疫力。不过他最终还是没能发现黄热病是怎么传染的。直到一百年后，人们

048 ·

才知道是通过蚊子传染的。虽然那位博士对医学的贡献并不大，但他的经历确实给后人带来了很多快乐。

大家都知道巴甫洛夫[1]这位科学家吧，他曾经获得诺贝尔化学奖，不过他广为人知的还是"巴甫洛夫铃铛"[2]。这个实验证明狗会在外在的刺激下作出新反应，为后来的行为主义心理学实验奠定了基础。拿动物做这样的实验确实有些冷酷，《疯狂实验史》中还有一个实验可以与之相提并论，那就是"斯金纳箱"。斯金纳[3]是20世纪30年代哈佛大学的心理学教授，他的实验是在一个箱子里放上杠杆，每次老鼠过去压一压杠杆，就会有食物滑出来。这样过了一段时间，老鼠就找到两者之间的联系，学会通过压杠杆获取食物。这个实验与"巴甫洛夫铃铛"的区别在于，巴甫洛夫是想证明本能反应会被一些新的刺激引发出来，而斯金纳却想说明人的行为是通过学习得来的。

通过这个实验，斯金纳发现动物的行为并不是仅靠先天

[1] 巴甫洛夫·伊凡·彼德罗维奇（1849—1936），俄国生理学家、心理学家、医师、高级神经活动学说的创始人、条件反射理论的建构者，诺贝尔奖获得者。

[2] 这个实验过程是把一只狗拴在那里，每次给它食物前先摇一下铃铛，作为信号，经过长期训练，狗一听见铃铛响就会流口水，而通常狗只有在见到食物以后才会流口水，巴甫洛夫据此提出了著名的条件反射学说。

[3] B.F.斯金纳（Burrhus Frederic Skinner，1904—1990），美国心理学家，行为主义学派代表人物，著有《言语行为》《关于行为主义》等。

反应，而是一个学习过程，就像老鼠学会压杠杆一样。他在此基础上建立的理论包含三个元素：第一，是动物持续呈现本能行为；第二，肯定或否定的结果增加或减少都会影响动物重复这种行为的可能性；第三，这个结果也会受环境影响。他在实验过程中设计了很多变化，通过奖励和惩罚，动物学到的花招也越来越多。

斯金纳后来教会了一只鸽子用儿童钢琴弹奏曲子，教会了两只鸽子打一种乒乓球。他的经验是不要期望动物一下就达到总目标，而是把它拆解成十几个小目标，一步一步鼓励它慢慢学。这套理论后来在教育学上有很大影响，现在还有很多人用同样的方式教小孩，通过一步一步的小目标改变他的行为，这就属于行为心理学。

斯金纳后来还设计出一种可怕的装置，把鸽子训练成原始的导弹定位系统。以前的导弹还不够精确，要打中目标物很难，斯金纳训练出一批鸽子，让它们在认出目标物的时候用嘴巴轻轻敲一下导弹，就能够准确打中目标。当然导弹发射的时候，鸽子也完蛋了，这个实验相当残忍。

更凄惨的例子是哈利·哈洛[1]的"母亲机器"，这个实验研

---

[1] 哈利·哈洛(Harry F. Harlow，1905—1981)，比较心理学家，专注于研究灵长类动物的智力研究和辨别反应学习，1958年当选为美国心理学会主席。

究的是小猴子与母亲的关系。他发现如果小猴子从小就与母亲隔离，即使用奶粉喂养得肥肥壮壮，它们还是会习惯缩在角落里，喜欢变态地吸吮自己的手指或抱着毛毯不放。这是一种恋母情结，说明动物也有精神和情感需要。

后来哈洛就做了一些假妈妈，摸起来像真的一样，另一边放一个同样体积的铁丝网，不过里面有个奶瓶。他发现，小猴子也只有饿了才过来吸奶瓶，绝大部分还是喜欢抱着那个假妈妈。后来哈洛又用了一些比较残忍的方法，在这个假妈妈的身体里藏铁钉，或者让它排放压缩冷气吓唬小猴子，反复驱赶它。没想到饱受虐待的小猴子还是会过来贴着这个毛茸茸的假妈妈。

哈洛的另一个实验叫"绝望陷阱"，就是把猴子放在一个漏斗状的笼子里，开始它还不断顺着陡峭的笼壁向上爬，后来发现徒劳无果，就孤独失望地坐在那里，好像得了抑郁症。实验本身也许很有科学价值，但是动物们实在很可怜。据说哈洛本人的家庭也不幸福，他是个出了名的酗酒狂和工作狂。他的研究与爱有关，但实验本身却没有一点人性的温暖。

（主讲　梁文道）

《如何帮地球量体重》

庄严的实验

罗伯特·克里斯（Robert P.Crease, 1953—　），纽约石溪大学哲学系教授，布鲁克海文国家实验室的史学家，《物理学世界》杂志专栏作家，著有《创造物理学》《二度创世：二十世纪物理学的革新先驱》等。

真正在动的并不是那个摆，而是我们所站立的地球。

　　这本书的副标题是"史上最美的科学实验"。我们常说科学是很美的，但是这种美可能更多是在理论和观念上，比如一个简洁的方程式，也许具有某种代表理想秩序的美感。作者曾经在物理学界内部的一个刊物上开设专栏，让同行们投票选出自己心目中最美的实验是什么，后来经过筛选就编成了这本书。

　　为什么做实验也可以很美呢？作者试图先从哲学层面回答这个问题。实验是动态的，这就区别于书画和雕像，而更像戏剧表演，人们通过有计划地布置和观察，得出他们感兴趣的结果。做实验又不同于变戏法，不像从帽子里拉出一只兔子那么简单，精心策划的结果是为了让谜团自己开口说话。数学家哈代说过，实验之美就在于它能够显

示事物深层次的东西，让它所含的元素开口说话，并改变
我们对它的认识。

例如，卡文迪什[1]测量万有引力的"扭秤实验"[2]，这个实
验在 18 世纪很有影响，它的目的是"帮地球量体重"。这听
起来是有些不可思议，一般称重都是使用秤，怎么才能把地
球挂在秤上呢？卡文迪什这个实验非常精密，他的方法是先
测出地球密度，再推算出它的重量。

英国皇家学会曾特别委任一个"万有引力委员会"来测
量地球的密度，卡文迪什是其中的一员。万有引力与地球密
度有什么关系呢？牛顿发现，物体之间的万有引力和它们的
密度是成正比的，如果用不同物质的相对密度去猜测地球的
密度，结果会相当精确。但是这个实验相当困难，因为很难
排除干扰，比如空气的流动和温度，以及杠杆本身的密度如
何计算等等。卡文迪什的实验当然成功了，他精确地把握了
实验过程，排除了各种干扰条件，使这个实验成为科学史上

---

[1]　卡文迪什（Henry Cavendish, 1731—1810），英国物理学家、化学家，重大
贡献是建立电势概念、测量万有引力扭秤实验等。卡文迪什去世后，后人筹建了著
名的卡文迪什实验室纪念他，该实验室已培养出 26 位诺贝尔奖获得者。

[2]　这个实验是用一根 39 英寸的镀银铜丝吊一根 6 英尺木杆，杆的两端各固定一
个直径 2 英寸的小铅球，另用两个直径 12 英寸的固定着的大铅球吸引它们，测出
铅球间引力引起的摆动周期，由此计算出两个铅球的引力，由计算得到的引力再推
算出地球的质量和密度。整个实验用望远镜在室外远距离操纵和测量，防止了空气
流动的干扰，操作十分精巧，被称为"开创了弱力测量的新时代"。

的经典。

卡文迪什的扭秤装置让我想起"傅科摆"[1]，这个装置在很多博物馆里都能看到，它通常是从三四层楼高的天花板上垂下来，末端挂一个铅锤或铁球，下面则是一个转动的罗盘，而球就在空旷的室内空间里缓缓地来回摆动。

当大家一起观看这个装置的时候，往往都会觉得那是一种令人震撼的美。即使不知道这个实验是做什么用的，但这个巨大的景观本身就足以让人窒息了。那个圆球摆动的节奏缓慢而悠长，在空旷的博物馆里更显得神圣庄严。

傅科最初注意到这个问题，是为了拍摄恒星照片。因为地球自转的关系，如果曝光时间过长，恒星会拍得比较模糊。后来傅科发明了一种摆动装置，让相机在曝光过程中可以固定指向恒星，跟着它摆动。当然这个装置用的不是细绳，而是类似现在钟表里用的一种金属拨棒。

发现这个原理之后，傅科就设计了这种球摆做展示用。底下的转盘相当于地球，而周围的空间则是宇宙。当我们把球摆吊在转盘上动起来的时候，就会看到，它并没有跟着底

---

[1] 为了证明地球在自转，法国物理学家傅科（1819—1868）于1851年做了一个实验，设计了一种仅受引力和吊线张力作用而在惯性空间固定平面内运动的摆，傅科摆（Foucault Pendulum）由此而得名。

下的圆盘转动，摆的振荡面与圆盘无关，因此可以说它是周围空间的一部分，并不附属于圆盘。

现在全世界都能看到这种傅科摆，它们被吊在各地的大楼中央来回摆动。根据牛顿定律，这些自由运动物体是朝着相同方向移动的，除非施加作用力，方向不会改变。底下罗盘的旋转完全不会对摆有任何影响，它的方向维持不变。在全世界不同地点，这些摆的幅度和速度会略有不同，我们通过这个变化可以计算出自己所在的纬度。

这个实验让傅科一炮而红，尽管在此之前大家都知道地球是转动的，不过这一点还只是天文观测的推断，而傅科摆能让人们亲眼目睹这个事实。这个实验之所以迷人，是因为它唤起了知觉意义本身的深奥，我们的感官看到了摆在动，但它同时引领我们进入另一个观念世界，这个观念告诉我们，是地球在动。

（主讲　梁文道）

《史上最美的十项科学实验》

最美的实验

乔治·约翰逊（George Johnson，1952—　），美国科学作家，《纽约时报》《科学人》等报刊撰稿人，著有《勒维特之星》《奇异之美》《心灵之火》等。

一个实验的设计和执行必须简洁优雅，才能称之为美。

乔治·约翰逊在美国主持了一个"圣塔菲写作工作坊"（Santa Fe Science Writing Workshop），这个工作坊专门培养一些投身科学写作的作家。作者本人也在美国很多报刊上开设专栏，是一位著名的科学作家。

书中介绍了十种最美的科学实验，这些实验也跨越了不同学科。所谓最美是用什么标准来选择的呢？作者说，他不会选择那种庞大的、像产业一样动辄投入几百人的大型科学实验，而更向往伽利略那种英雄式的个人实验。或者像牛顿，仅凭双手独自挑战未知世界，这显然是一种非常浪漫的科学实验观念。在作者看来，一个实验的设计和执行必须简洁优雅，才能称之为美。分析逻辑就像希腊雕像的线条一般纯粹而必然，尽扫混乱与含糊的瞬间，这才是古典美的含义。

比如威廉·哈维[1]的心脏实验。哈维是 17 世纪英国著名生物学家、医学家，他这个人并不可爱，性情沉默，据说还总是随身带着匕首，不过并不是为了打斗，而是为了可以随时割开心脏。他割开心脏也不是为了杀人，而是为了做研究。在此之前，历史上恐怕没有一个人曾经剖开过那么多的心脏。哈维说，他甚至打开鸡蛋观察过鸡的胚胎，看到了那个非常微小的心脏的跳动，那种跳动在可见与不可见之间，存在与不存在之间，是生命最初开始搏动的表征。

哈维最有名的成果是推翻了欧洲关于血液的传统认知。此传统认知来自于罗马医生盖伦[2]，他通过解剖发现了人体有动脉和静脉之分，它们的颜色是不一样的。他把动脉中的红色血液叫做维生液，认为它经由心脏和动脉活化肌肉，刺激动作，让我们充满活力。而把静脉里的血液叫做生长液，是促进人体成长的营养精华，由肝脏制造出来然后又输往全身。

---

[1] 威廉·哈维（William Harvey, 1578—1657），英国医生、生理学家，他发现了血液循环的规律，奠定了近代生理科学发展的基础。著有《心血运动论》和《论动物的生殖》等。

[2] 盖伦（Galen, 129—199），古罗马著名医学家，最重要成就是建立了血液的运动理论，发展了三种灵魂学说，著有《论解剖过程》《论身体各部器官功能》等。

今天我们当然都知道了，这是大错特错的，但这个说法一直到 17 世纪才被哈维推翻。哈维曾在帕多瓦大学[1]学习过，那时候伽利略也在那里执教。当然哈维学的是解剖学，主要做心脏解剖，观察心脏的运动。

根据传统说法，心脏的收缩和扩张并不由它本身来完成，而是靠血液的力量。血液涌进去，它就扩张，血液流走，它就收缩。但是哈维观察到，心脏进行收缩性搏动的时候，就像把拳头捏紧了，变得比较苍白，而舒张开的时候又会变红，这个时候血液又流回来。而且只要把手指放在动脉上，就可以感觉到心脏的搏动，可见它不是被动的，而是主动的，是驱动整个系统的中心。

接着他又研究了心脏的驱动方式，发现左边心脏的作用是把血液打入动脉，带到身体末梢，这个流动是单向的，而静脉中的血液则从身体流回心脏。当时还有一个传统说法，认为两种血液都是经由摄入食物产生。

哈维认为，如果真是那样，我们身体里的血量就会比体重还大。他用一个著名实验证实这个问题，他把一条蛇剖开，在场的观众可以清楚地看到蛇的心脏还在跳动，血液流进流

---

[1] 帕多瓦大学建立于1222年，是欧洲仅次于博洛尼亚大学和巴黎大学的第三座最古老的大学，也是意大利最大的大学。1592—1610 年，伽利略在此执教。

出形成一个循环。当心脏收缩的时候，颜色就变得比较白，舒张的时候则变红。他还教给大家，其实只要捏着自己的手腕就能看到我们的血液是怎么从动脉出去，从静脉回来的，这是人人都能做的简单实验。

（主讲　梁文道）

《利维坦与空气泵》

实验的意义

史蒂芬·夏平（Steven Shapin, 1943— ），
英国社会学家、科学史家，曾任爱丁堡大学科
学研究部讲师、加州大学圣地亚哥分校社会学
教授，哈佛大学科学史教授。另著有《真理的
社会史：十七世纪英格兰的文明与科学》《科学
革命》等。

西蒙·谢弗（Simon Schaffer, 1955— ），
剑桥大学科学史与科学哲学教授，著有《实验之
用》《启蒙欧洲的科学》等。曾在英国国家广播
公司制作《光之舞》系列纪录片。

科学家也是社会权力网络的一部分，他们的科学研究难免会受信仰和政治立场的影响。

很多人都把实验看做寻求真知、发现真理的有效方法，甚至是唯一途径。有人说著名科学家斯蒂文·霍金[1]至今没有得诺贝尔物理学奖，是因为他所提出的理论还没有得到实验的证实。《利维坦与空气泵》这本书试图解答这个问题，为什么实验被认为是寻找科学真知的必要工具或程序呢？

这本书主要关注的是科学史上的一个重要争论，就是 17 世纪两个著名英国学者，霍布斯[2]和波义耳[3]之间的争论。霍

---

[1] 斯蒂文·霍金（Stephen William Hawking, 1942—   ），剑桥大学应用数学及理论物理学系教授，英国科学院院士，当代最重要的广义相对论和宇宙论家，著有《时间简史》《果壳中的宇宙》等。

[2] 托马斯·霍布斯（Thomas Hobbes, 1588—1679），英国政治家、思想家、哲学家。他创立了机械唯物主义的完整体系，并继承了培根的唯物主义经验论观点，著有《论物体》《利维坦》《论人》等。

[3] 罗伯特·波义耳（Robert Boyle, 1627—1691），英国化学家，他的《怀疑派化学家》一书的问世被视为近代化学的开端。

布斯的名著《利维坦》是一部政治哲学经典，至今仍有很多学者通过这本书去讨论民主与独裁等政治哲学问题。而空气泵则是波义耳用来证明著名的波义耳定律的重要实验工具。

两件事看起来风马牛不相及，怎么会被拉到一起呢？首先我们要了解，那个时候所谓哲学的定义与现在是不一样的，像伽利略、牛顿这些搞自然科学的当时也被叫做哲学家。17世纪的时候，一个合格的哲学家被认为应该有能力去探讨各个领域的知识。

霍布斯的很多著作都是科学史上的必读书目，而波义耳参与缔造的英国皇家学会也是科学史上的重要机构。他们之间的争论表面上看是波义耳利用空气泵制造出了真空，而霍布斯反对他的结论，认为空间之中不可能什么都没有，至少还有"以太"[1]。当然现在我们知道，霍布斯的观点是错误的，"以太"这个东西在科学史上流行了那么久，最后被证实并不存在。作者说，他们争论的焦点与其说是空气泵能不能制造真空，倒不如说是实验本身到底有多重要。

这个争论所代表的也是两种科学方法——演绎法和归纳

---

[1]　以太（Ether，又译为"乙太"），希腊语，原义为上层的空气，天上的神所呼吸的空气。在宇宙学中又用来表示占据天体空间的物质。17世纪笛卡儿最先将以太引入科学，并赋予它某种力学性质。

法之争。演绎法的典范当然是数学，只要将一些定义作为基本前提，就可以一步步推出结果，这叫演绎；而归纳则是从各种可见的事实和例证中总结出一个说法。两种方法各有利弊，演绎法的缺点是，如果一开始这个定义就有问题，就算中间的步骤逻辑再怎么合理，推出来的结果仍然可能是错的。但是归纳法的问题更严重，它从大量的事实中推出一个好像客观不变的规律，却没有人能够保证这个事实是否永远如此。

在这场争论中，为什么实验最后能够胜出呢？实验在今天被看做是不证自明的方式，而当时却饱受攻击，并不被科学界信任，因为它看上去太像一种表演。我们知道从前的炼金术士也做实验，但是在自己的斗室中秘密进行，炼金术与现代科学实验的区别就在表演。

波义耳的空气泵就是一种科学表演，当时的皇家学会为了扩大自己的影响力，最常做的两个公开展示是虎克[1]的显微镜和波义耳的空气泵。空气泵就像17世纪的加速器，看起来非常壮观。它首先是一个技术上的进步，让我们了解到仪器的重要性。比如我们用显微镜去观察蚂蚁的足部，就会相信

---

[1] 罗伯特·虎克（Robert Hook，1635—1703），伦敦格雷舍姆学院几何学教授，主要贡献是作为弹性力学基础的虎克定律，另发明有钟表摆轮、毛发湿度计、航海仪器、显微镜与望远镜等。

仪器是人类感官的延伸，可以帮助我们做到眼睛、耳朵、鼻子做不到的事，甚至纠正人类感官的谬误。波义耳的空气泵可以说服大家，相信通过仪器看到的比眼睛看到的还要真实。

其次，波义耳的空气泵将实验变成一种公共行为。从前的炼金术士都很神秘，但科学实验理论上是一个公共空间，必须有人去见证实验结果。这些人最好受过专业训练，能看懂实验的关键。此外，这个实验还必须是能够重复操作的，任何人按照同样的方法和步骤都会得出同样的结果。波义耳当年作科学报告的时候设计得十分周详，让大家尽可能多地了解实验过程。当然这个实验一般人很难做到，设备本身就不大可能轻易制造出来，一旦出现漏洞，就很难抽成真空了。

所以霍布斯对波义耳的批评还是有一定道理的，他说空气泵实验根本错漏百出，并没有达到哲学真理所要求的严格程度，而且他对真空是否存在也有不同看法。这其实是两套哲学观争议的焦点。波义耳通过实验证明他找到了真空，但霍布斯认为空间中一定会有东西存在，不存在玄学意义上的真空。就这个意义而言，波义耳坚持以实验为本，是将现代科学与自然玄学分开的第一人。

这个争论有特殊背景。1666 年正值英国王政复辟时期[1]，之前则是著名的克伦威尔[2]专政。这时候英国的社会秩序动荡不安，也存在着很多宗教上的意见冲突，这种冲突甚至可以引发战争。波义耳跟霍布斯的争论，其实也牵涉到对社会秩序的看法。霍布斯不能容许由少数科学家拥有特权，宣称他们能够观察到甚至制造出事实和真理，因为在此之前，事实的认定一直来自于个人信念。比如法庭判案，一个人被控告杀了人，如果有一个证人说他看到了，那这个证词并不可靠，不排除他有栽赃的可能。但是如果有一百人看到，这个可信度就大不相同了。实验的推行，就是允许成百上千人共同说出他们看到的真理，这会威胁到国家秩序。

在波义耳宣布找到真空之前，很多人一直相信世界上有一些看不见摸不着的事物存在，比如灵魂。关于这些事物的解释，一直被掌握在教会手中，他们才有权力去解释这些神秘的东西，这是一种奇怪的特权，也被认为是一种绝对秩序，是大家都应该遵守的。而实验科学的出现无疑打破了这种秩序。

---

[1] 王政复辟（The Restoration），1658年奥利弗·克伦威尔去世后，他的儿子理查德继任护国公，政权立即开始瓦解。1660年选出的议会要求上一任国王的儿子、长期流亡法国的查尔斯二世回国做国王，从而解决了危机。

[2] 奥利弗·克伦威尔（Oliver Cromwell, 1599—1658），英国政治家、军事家。在1642年到1648年的两次内战中，先后统率"铁骑军"和新模范军战胜了王党的军队，并处死国王查理一世，宣布成立共和国。

以波义耳为代表的皇家学会认为，科学研究一定会有争论，但这种争论应该在事实范围以内。我们不谈玄学、不谈神学，也不谈政治，但是我们会在一个安全的范围内进行谦卑的争论，并期望它最终在共识中得到解决，这种共识才是社会秩序安定的基础。

《利维坦与空气泵》就试图发掘霍布斯与波义耳的科学争论之后的政治内涵。书中大量列举了两派的不同意见，既有科学上的也有政治上的，并指出这两者其实是相通的。这本书出版后引起了很多争议，因为它其实不是科学研究，而是把科学本身当成了研究对象。当你试图用历史学、社会学以及人类学方法去重新审视科学，就会发现科学家也是社会权力网络的一部分，他们的科学研究难免会受信仰和政治立场的影响。

波义耳一直坚持不要把政治和宗教带进实验室，但他把实验本身举得这么高，反而引发了某种政治争论。如果把社会分割成不同领域，每个领域都各自处理好自己的争论，这样社会秩序就会稳定吗？是不是同意这种观点，还得大家自己去读这本书才知道。

（主讲　梁文道）

《寻求哲人石》

炼金术到底是不是科学

汉斯－魏尔纳·舒特（Hans-Werner Schütt,
1937—　），德国化学家、化学史学家，柏林理工
大学教授，曾任德国科学史学会主席。

炼金的过程就像修道，当一个人突然看穿了世界的表象，并且通过研究物
质的变化进入了另一个世界，他也就"得道成仙"了。

喜欢看漫画的朋友一定都知道《钢之炼金术士》，里面有
一个很关键的道具叫做"贤者之石"。在《哈利·波特》，以
及很多网游中也都出现过类似的"Philosopher's Stone"——
哲人石，那到底是什么呢？

中世纪的时候，哲人石被认为是一种红色的粉末或液体，
并且是可以变化的。既然是粉末或液体，为什么又叫哲人石呢？
那是因为它具有固定不变的性质，能够完好地经受火的烧烤，
它比黄金还要纯，是炼金术士的最高追求。

一说起炼金术士，很多人都觉得那是骗子，因为他们声
称能够把破铜烂铁炼成黄金。炼金术到底是不是前科学时代
迷信的产物呢？《寻求哲人石》这本书就介绍了炼金术的历史，

它的副标题是"炼金术文化史"。

炼金术的英文是 Alchemy，从词源上看，它与化学
Chemistry 应该大有关系。很多人都把炼金术当做化学的前身，
从前很多炼金术士用的坩埚和烧瓶之类的器皿，现在依然在
化学实验室里使用。炼金过程中使用的方法，至今也还是化
学家们做简单实验的标准程序。为什么炼金术会被认定是不
科学的呢？

书中说，炼金术绝不是骗人的把戏，它是一种把物质提
升到更高层次的艺术，同时也是把人生提升到更高生存状态
的艺术。炼金术士们追求的是物质的转化，是把一种物质从
较低的境界提升到更高的境界，最高的境界就是哲人石。

怎样才算把物质提升到更高状态呢？其实很多炼金术士
都跟采矿工关系密切。你可以想象一下，当矿工们深入到矿
脉底下，找到那些黑魆魆的矿石，他们会觉得自己已经深入
地心，触摸到了大地的秘密。而这些矿物经过熔炼之后，又
会变成散发着光彩的金属，与之前截然不同。这是一种什么
样的体验？

在炼金术士看来，这个过程就是神的事业，是大自然借
助他们的手，使物质从一个阶段到达另一个更高的阶段。他
们是物质的解脱者，是协助升华的重要人物。这样的人怎么

能算是骗子呢？

　　哲人石介乎物质与非物质之间，它所代表的其实是炼金术士们的一种理想。他们要在物质世界中提炼出一种高纯度的精神状态，通过对物质世界的研究，发现那个无法用言语形容，只能用密码谱写的神秘秩序。那也是一个超乎我们感官之外的，只有真善美存在的完满境界。而哲人石就是能够从物质世界进入这个神秘世界的东西，它以物质形式向我们显现出来。

　　从前的阿拉伯世界是炼金术发达的地方，当欧洲进入黑暗的中世纪，巴格达保留了很多西方文明的精华。Alchemy这个词就出自阿拉伯文，我们知道 AL 其实是阿拉伯文中的一个定冠词。那么这种文化又是怎样被传回到欧洲的呢？当时的欧洲处于基督教和天主教的统治之下，如何容得下这种异端邪说？那是因为，炼金术士们找到了与基督教的新的对应点，炼金的过程被与救世说联系起来。耶稣基督是要拯救世界的，而炼金术士也在用自己的方式拯救物质世界，于是炼金术就在西方文化中得以保存下来。

　　在源远流长的炼金术历史上，最后一个伟大的炼金术士是谁呢？大家可能想象不到，是现代物理学的奠基者牛顿，他同时也是现代解析几何和微积分的创始人。牛顿确实花费过不少心血研究炼金术，他在 1675 年的时候说过，炼金术不仅仅是从事金属研究，只有无知或头脑简单的人才会这样看。所谓科学的化学只是一种庸俗的化学，真正高尚的化学其实是炼金术。因为通过炼金术，所有的生物开始运动，并且获得它们新的存在。

牛顿如此热心地研究炼金术，其实是想要解决一个问题。虽然现代自然科学能够告诉我们世界是如何演变以及运作的，却不能为我们解答世界为什么是这样的？世界的意义在哪里？人又为什么存在？当我们打开一本化学教科书，会发现在这个世界上，铁没有打算和盐酸化合的崇高目的，也没有哪个氧分子急于把自己和纤维素一起充满激情地燃烧掉。在现代科学的物质世界里，任何活动都是机械而没有意义的。

但是这一切都可以从炼金术的世界里找到答案。炼金的过程就像修道，当一个人突然看穿了世界的表象，并且通过研究物质的变化进入了另一个世界，他也就"得道成仙"了。这是炼金术与化学的最大区别。

（主讲　梁文道）

《周期表》

——个碳原子两百年的游历

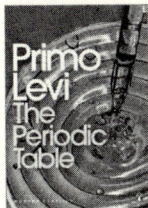

普利摩·李维（Primo Levi, 1919—1987），
犹太裔意大利小说家、化学家。著有《周期表》
《奥兹维辛残存》《休止》等。1987年坠楼自杀
离世。

原子总是存在的，只是在不停地变化中。如果从这个角度去看世界，你会发现，人的生死又算得了什么呢？

我们常常把科学看成是冰冷的东西，虽然我们知道它决定了日常生活中的很多事情，却依旧感觉它离我们很遥远。这种思维惯性使得我们在书籍选择上有着明显的偏食症。读者通常喜欢关注人文社科尤其是历史，却并不注重科学知识。其实貌似"冰冷"的科学也可以用人文角度去贴近，在故事中获取鲜活认知。

《周期表》就是一本科学故事书，作者普利摩·李维（Primo Levi）是一位化学家，他在文学上也取得了很多成就。李维是奥斯维辛集中营的幸存者，这段遭遇对他的人生影响很大。他曾在书里说："凡是经历过那场浩劫的幸存者，都应该觉得愧疚，为什么是自己活下来了？我对所有的死者都心怀歉疚。"他甚至为此产生自杀冲动。这种悲悯成为他写作的内核，也使他的作品至今为人所称颂。

《周期表》很像一本故事集，每个章节都用不同的化学元素命名，作者为每个化学元素写了一则故事，在想象中捕捉对它们的认识，集科普散文、自传小说以及哲理沉思的特点于一身，让我们以一种全新的方式观看世界。

普利摩·李维认为这是一部微观历史，也是一部行业志，记录了他一生的胜利、失败和痛苦，是一个事业快走到终点的人才会讲的故事。的确，书中没有出现什么化学史上的科学英雄，只是一些默默无闻的化学工程师，他们的工作是给农夫配制饲料，帮工厂研究配方，或者生产化学原料……

书中有一节讲到碳元素，作者说，每一个化学家都会发现，总有一个元素对他来说是有着特殊意义的，就像年轻时爬过的某座山，去过的某个海滩。但只有一个元素例外，那就是碳，因为碳元素对每个人都有意义，它不专属于任何人，它属于每一个人。

于是他为碳元素写了一个故事，碳原子和三个氧原子还有一个钙原子结合成了石灰岩的形式，埋藏在矿脉之中，但是有一天它们暴露出来了，有一个人带着锄头走来。作者说我们要向锄头致敬，因为它是千百年来人与元素对话的最佳中介。这个人一锄头把这块石灰岩敲下来，送到石灰窑，改变了它的命运。

在石灰窑里，碳原子一直被烤到和钙原子分离，但仍然和它以前三个氧伴侣中的两个连接着，成为二氧化碳，从烟囱飘到空中。原来宁静的日子变成了风暴。它随风飘浮，上天入地，曾经有老鹰把它吸入肺中，渗入血液，又排了出来。它一会儿在海上，一会儿在云端，在森林、沙漠、冰原上飘浮了八年。最后，它被俘虏了，进入了一棵植物的有机世界。

作者把时间设定为 1848 年，那一年，故事的主角碳原子进入一片树叶，与一些氧原子和氮原子做了无数次的无效碰撞，最终在它遇上了一个巨大而复杂的分子之后被活化了。这时候，它在植物里成为葡萄糖分子的一部分，后来葡萄树的果汁酿成了酒，碳原子就到了某一个喝酒的人身上，进入他的身体，在他跑步或进行其他运动的时候又被排了出去，形成二氧化碳。

这个碳原子在大气中游荡了 200 年，这恰好是二氧化碳分子在空气中停留的周期。它环绕地球飘行了三圈，直到 1960 年，才又重新回到大地，回到植物中，被牛吃掉成为牛奶的一部分。普利摩·李维说，它在牛奶中被我喝下去，进而在我身体里被活化进入我的大脑，使得我写下这本书的最后一个句号。

这就是一个碳原子的故事。原子总是存在的，只是在不停地变化中。如果从这个角度去看世界，你会发现，人的生死又算得了什么呢？

（主讲　梁文道）

《来自水的信息》

神秘的"心念力"

　　江本胜（Emoto Masaru, 1943—　），生于日本横滨。1994年起，开始在冷室中以高速摄影的方式拍摄和观察水结晶，以证明水具有复制、记忆、感受和传达信息的能力，著有《来自水的信息》《生命的答案，水知道》《幸福的真义，水知道》等。

美丽的语言和文字可以创造更美好的世界，丑陋的语言和文字则会导致更
丑陋的世界。

你可以想象吗，音乐也会对水产生影响。如果你看到播
放《肖邦的离别曲》时水面凝结出来的画面，唯一可用的形
容词就是——心碎一地。

很多时候水的变化确实让人惊讶，甚至一个人的心念
也可以影响水的形状。其实早在两千多年前，佛祖释迦牟
尼就有过类似的阐述，他说眼前的一滴水里面，可能包含有
十万八千个生命。在一个没有显微镜的年代，对世界的感受
能够达到这样的深度，的确让人震惊。

《来自水的信息》是江本胜博士用八年时间作的一个研究
报告。江博士从各地采回不同的水源，然后让它们分别去感
受音乐、文字和图片，记录的方法则是拍下水面在零下5摄

氏度的结晶状态，而不同的图案就代表着水在面对不同事物时的表情或神态。

先说说水对音乐的反应，很多年轻人都喜欢重金属音乐，不过如果你看到水面的反应可能会有点晕——有什么东西要坏掉了吗？画面呈现出来的是一种马上要分解或破裂的感觉。当然我们不能依此去简单判断重金属音乐的好坏。不过相比之下，具有疗愈能量的音乐带给水的影响就是另一种截然不同的感觉，好像植物正在抽出新的枝条，让你觉得自己的身心也慢慢舒展和强壮了。

不同的语言和文字也能使水产生不同的反应，如果你对着水说"爱"或"恨"，它的反应是完全不一样的。而当水看到天真无邪的儿童的照片，它所结晶出来的画面简直就像长辈看到了孩子一般心花怒放，充满了慈爱和喜悦。植物也会对水产生独特影响，当我们把几滴香薰精油放入水中，你会看到，效果真是令人惊讶，野菊花的香味在水面上的呈现基本上是还原了花朵的样子。

　　如果我们把这样的水喝下去，会对自己的身体产生什么影响呢？以前听人说过，一个厨师做的东西好不好吃，不仅与材料和火候有关，厨师的心情也会在菜肴中体现出来，并通过食物传递给你，融化成你身体的一部分，甚至可以再通过你传递开去。因此我们的生活和生命都是紧密相连的，一个信息套着一个信息，一个能量接着一个能量，谁也没有办法脱离这个世界。

　　所以，我们应该用什么样的心情去生活，用什么样的状态去影响周围的事物呢？佛说万物由心生，也就是这个道理。《来自水的信息》所记录的现象不过是其中的一种反应而已。这个世界的好与坏、善与恶，与每个人的心态都有莫大的关系。

　　当今世界的发展非常迅速，在这样的时代里，如何让我们的心态与这个世界的变化平衡？这恐怕是每一个人都需要认真选择和调整的。正如江本胜博士在书中所言："美丽的语言和文字可以创造更美好的世界，丑陋的语言和文字则会导致更丑陋的世界。"这就是宇宙的法则。

（主讲　李辉）

当世界年纪还小的时候

《大王书》

中西奇幻文学有何不同

　　曹文轩（1954—　　），江苏盐城人，北京大学中文系教授、儿童文学作家。著有《忧郁的田园》《草房子》《细米》《青铜葵花》等。

明明是一个邪恶的征服者，但他看到生灵涂炭的时候，还是忍不住一声叹息。

说起奇幻文学，大家会觉得那是骗小孩的玩意儿。不过，事情也有例外，比如写《魔戒》的托尔金[1]，几乎就相当于武侠小说界的金庸。过去武侠小说也让人看不起，但是写到金庸这个程度，人家就觉得你是大师了。

曹文轩先生是北京大学中文系的教授，多年来他尝试过很多类型的创作，有小说，有儿童文学，这本花八年时间推出的《大王书》是多卷本奇幻文学作品。在阅读它之前，我们先来了解一下奇幻文学有哪些特色。

首先，既然是"奇幻"文学，它所描述的就是一个与现

---

[1]　J.R.R.托尔金（1892—1973），牛津大学教授，古英语专家。耗时16年完成的魔幻小说巨著《魔戒三部曲》，在西方家喻户晓。

实生活中不一样的世界，那里有自己独特的物理法则，生活着各种奇奇怪怪的生物，而匪夷所思的幻想、巫术、魔法等更是必不可少。就像我们看武侠小说一样，一个人的内力怎么会那么厉害？怎么可以凌空点穴？这些都是根本不需要问的，我们只要接受它，遵循它的规则读下去就可以了。

《大王书》的第一部叫"黄琉璃"，它有一个独特的主题，讲一个从地狱回来的魔王称霸了世界，建立了自己的王国压迫百姓，这个王的名字叫做熄。后来一个牧羊少年起来反抗，颠覆了这个王国，他的名字叫做茫。

从这里我们可以总结出奇幻文学的第二个特点——特别喜欢描述一个儿童或者少年的成长故事。大概因为它的主要读者对象是少年儿童，为了让小读者产生认同，故事的主角也往往是个少年，并且通过设置一些考验，让他们成熟、长大。

少年茫是如何锻炼本领，完成颠覆熄国的任务的呢？原来上天注定他会得到一本书，就是那本神奇的《大王书》。这本书的奇异之处在于，每次你翻开它的时候，里面的文字和图像会不停地变来变去——它是一本有生命的书，而且还是一本预言书。每当茫遇到困难，不知道如何走下去的时候，《大王书》就会给他指导，引领他渡过难关，而这些指导同样也能让读者受益。

　　曹文轩的文笔相当好，他写熄带着巫师和一头会魔法的驴子去消灭城中的百姓和牲畜，当驴子默默穿过城市，所到之处瘟疫就像镰刀一样收割了所有生命。最后大功告成，"熄收起那把有魔法的黑伞，仰头望去，正在涂上夜色的天空犹如宫殿的穹顶，西南方向有一颗核桃大的星星在寒气森然地闪烁，他长叹了一声"。

　　这声叹息写得非常妙，明明是一个邪恶的征服者，但他看到生灵涂炭的时候，还是忍不住一声叹息。

（主讲　梁文道）

《黑暗物质三部曲》
禁忌与冒险

　　菲利普·普尔曼（Philip Pullman，1946—　），
英国作家，毕业于牛津大学。著有《雾中红宝石》
《北方阴影》《井中之虎》等。曾获卡内基儿童
文学奖、英国儿童文学最高奖"卫报小说奖"等。

　　一部儿童奇幻文学作品竟能获得最严肃的文学大奖，这个结果令很多人震惊。

　　《黑暗物质三部曲》是一部相当轰动的奇幻文学作品，后来还改编成电影。这部作品挑战了很多奇幻文学的传统观念。关于奇幻文学，我们往往会有许多假定，比如假定这些小说是大人写给孩子看的，必须有教育意义，还要顾虑什么是小孩子可以接受的，什么是不能接受的。但是普尔曼决心打破所有禁忌，他认为儿童和大人其实只是年龄和人生经验、阅读经验的区别，给大人看的东西，小孩子未必看不懂。

　　《黑暗物质三部曲》写了整整十年，其实它的情节并不复杂，主要讲一个叫莱拉的小女孩，她慢慢发现自己命中注定要去发现一个世界真相。这个真相就是，在她所生活的世界里，每个人都有自己的守护精灵，它是你的灵魂或自我的一部分，而这个精灵会以动物的形态出现在你身边。这就让小读者们看得很开心了，谁不想自己身边有个小动物做好朋友呢？况且它还属于自己的一部分。

莱拉生活的世界里还有一个独特的机构，叫做"教会权威"。这个机构是由政府议会、大学学者以及类似于基督教教会之类的机构联合组织起来的。这个机构垄断了一切真理，重要的是，它还试图掩盖一个事实，那就是世界上有一种叫做"尘"的物质。

"尘"是一种能够穿越不同世界的物质，通过"尘"能够揭开一个事实——我们这个宇宙其实是一个平行宇宙。比方说，梁文道坐在这儿主持《开卷8分钟》，在另一个平行世界说不定也会有另一个梁文道坐在类似的空间里做同样的事。我们如何能够想象，就在与我们平行的状态中，有无穷多的宇宙同时存在？这种世界观的确很有颠覆性。

而"教会权威"所认可的是一种什么样的世界观呢？他们推崇天国和神灵的存在，认为人死了之后就会快快乐乐进入天堂。这个类似中古天主教会的可怕机构，想要垄断一切知识和真理。而莱拉的一系列冒险却打破了这个谎言，那就是根本没有所谓的天堂，真正值得我们热爱的就是这个现实，死后也不过是另一个世界而已。这样的观点威胁到了教会权威，于是莱拉不得不尽全力去突破他们的封锁和压制。

我们知道，今天的英国已不再是教会拥有无上权威的国家，但是基督教信仰的传统依然根深蒂固。英国人在阅读这本小说时，是什么心情呢？据说改编的电影上映后，很多宗教团体都不满意，纷纷抗议要求禁演。作者普尔曼也从来不否认他是一个"无神论者"，讨厌一切"教会权威"。可见这本儿童题材的奇幻文学作品灌注了多么宏大的成人理念，但它既能让小孩看得懂，也让大人觉得有意思。

《黑暗物质三部曲》后来获颁英国惠特布里德文学奖（Whitbread Prize），一部儿童奇幻文学作品竟能获得最严肃的文学大奖，这个结果令很多人震惊。这很容易让人想起另一部奇幻文学经典，斯特普尔斯·刘易斯那部被无数次改编

成影视剧的名作《纳尼亚纪事》[1]。两个故事有很多类似的元素，如平行宇宙、穿越、轮回等，而不同之处在于，《纳尼亚纪事》想要弘扬基督教信息，《黑暗物质三部曲》却明显是反基督教的。

菲利普·普尔曼生长在牧师家庭，祖父是英国国教圣工会的牧师。这本书却弥漫着反叛情绪，颠覆了宗教价值观。很多人都怕这本书会教坏小孩，其实书中的故事写得十分优美，比如小男孩威尔和莱拉之间的纯真感情。威尔生活在英国的牛津大学，而莱拉则生活在平行空间里的另一个学院。两个孩子之间发生了美好的初恋，他们结伴经历了种种磨难，最后终于揭开真相，并设法维护了世界的平衡。

怎样才算是平衡呢？他们觉得冒险从一个世界穿越到另一个世界是很危险的，这样世界之间的关系会非常混乱，于是决定要让两个世界之间不再往来。因为经过历险，他们知道，两个世界之间只隔了一张薄膜，只要用一把特制的小刀划开，就能穿越到另一个世界。最后他们决定毁掉那把小刀，让这种穿越不再可能。

----

[1] 又名《纳尼亚王国奇遇记》，是英语国家家喻户晓的儿童文学作品。作者克莱夫·斯特普尔斯·刘易斯 (1898—1963) 是英国文学研究家兼评论家，剑桥大学教授。他写过很多作品，《纳尼亚王国奇遇记》是 20 世纪 50 年代专为孩子们写的一部系列童话集，出版后大受欢迎，并多次被改编成影视剧，上演不衰。

　　这真是一个伤心的结局，两个小情人不得不分开，威尔要留在我们这个世界，莱拉也要回到她的世界去，永不再往来。那一幕真是令人心碎，莱拉说，她希望每年都有这么一天，威尔就在牛津学院的一张木椅上静静地坐一小时，而她也会在另外一个世界一张完全相同的木椅上等待他，带着潘——潘就是她的动物守护精灵。莱拉说，虽然我不知道你以后会去哪里，也不知道你是不是还活着，但有那么一刻，你只要坐在那张椅子上，我可以感觉到你的存在。

　　威尔回答说，好，以后不管我在世界的哪个角落，只要我还活着，我就会回到这里来。他们含着热泪紧紧地拥抱着。莱拉又说，如果我们以后遇到了可以结婚的人，就要忘了彼此，好好对待他们，以后每年只有一天，只有一小时，我们可以在一起。

　　也许有人会问，这种近乎绝望而又无比真挚的情意是小孩子可以理解的吗？我想说，怎么不可以呢？你回想一下自己小时候，即使没有经历过初恋，小学或中学毕业的时候，要跟好朋友分别的那种感觉，不也一样刻骨铭心吗？

（主讲　梁文道）

《地海传说》

奇幻文学阐发朴素真理

娥苏拉·勒瑰恩（Ursula K. Le Guin, 1929—   ），
美国作家，曾就读于哈佛大学和哥伦比亚大学，
深受道家思想影响。另著有《黑暗的左手》《一无
所有》等。

最伟大的法术就是藏而不用。没有用的东西，才往往具有最强大、最原始、最丰沛的生命力。

如果问起我心目中最伟大的奇幻文学作品是哪一部，这么说吧，就算托尔金的《魔戒》或刘易斯的《纳尼亚纪事》都完全无法与之相比。其实它也曾经被改编成电影，而且是一部动画片，那就是宫崎吾郎[1]导演的《地海传说》。

宫崎吾郎是宫崎骏的儿子，而原作者娥苏拉·勒瑰恩也颇有家学渊源，她的父亲是位文化人类学家，母亲是作家。她自小就喜欢读书写作，其作品涉及小说、诗歌、散文、游记、评论等，连美国最不留情的文学评论大师哈洛德·布鲁

---

[1] 宫崎吾郎，1967生于东京，作为享誉世界的著名动画大师宫崎骏的儿子，他作出了与父亲相同的选择，制作动画。

姆[1]都说过，勒瑰恩的小说比托尔金还要优美，而文学表现则超越了诺贝尔文学奖得主莱辛。

《地海传说》创造了一个独特的幻想世界，那里生活着一种瘦小的黑发人种，介于印第安人和黄种人之间。很多人特地拿这一点与托尔金相比，托尔金的小说是一个白种人为中心的世界，《魔戒》中崇山峻岭的大陆世界也颇具欧洲风格。如果说《魔戒》像一座大山，《地海传说》就像一片大洋，它的世界不在大地上，而在海洋中，由海洋上无数星罗棋布的岛屿组成。小说的文字轻盈飘逸，唯美意象处处流溢，迥异于托尔金的雄厚沉重。

《地海传说》也是一个关于成长的故事，少年格得是一个很有天赋的孩子，外号"雀鹰"，他的师父是位法力高强的老巫师，曾经凭自己的法术制止过一场地震，保住了岛屿上的整个城镇。格得经过重重考验，也成了大法师，但他一生中最重要的转折却是变回一个平凡的人，这是小说最妙的地方。

小说写到第六部的时候，这位大法师已经完全丧失了法

---

[1]　哈洛德·布鲁姆（Harold Bloom，1930—　），当代美国著名文学教授、"耶鲁学派"批评家、文学理论家，曾执教于耶鲁大学、纽约大学和哈佛大学。著有《影响的焦虑》《误读之图》《西方正典》《解构与批评》等。

力。他为拯救世界用尽全部功力，变成一个普通的老人，回到岛上隐居起来。但是魔法世界的人都非常敬重他，他也觉得自己生活得比以前更快乐了。最伟大之处是做回一个平常人，这听上去是不是很有道家的感觉？没错，小说的作者就曾经翻译过老子的《道德经》。

勒瑰恩花了30多年时间去研究道家的哲学思想，她的小说自然也融会贯通了很多道家理念。她所翻译的《道德经》非常诗意，比如第一句"道可道，非常道；名可名，非常名"，勒瑰恩的翻译是："The Way that can be told of is not an unvarying Way;The names that can be named are not unvarying names."意思是，你能够走的道路，就不是真实的道路，你能够说出来的名字，也不是真实的名字。这些观念道出了小说的重要精髓，其思想在此后的魔幻小说界都产生了很大影响，很多人试图回答这个问题，那就是——什么是"真名"？

"真名"就是事物真正的名字，在《地海传说》中，它是所有巫师具有法力的根源。当你懂得了风的名字，雨的名字，甚至大海的真正名字，你就能呼唤它们，操纵它们，掌握一种超自然的力量。真名能够描绘和捕捉到事物的本质，一个巫师必须仔细观察万事万物，他要懂得聆听风的声音、细雨的飘过，观察一株四叶草、一棵松树怎样开花结果，这样才能最终掌握事物真正的名字。

其实这个想法并不是作者的原创，传说中仓颉造字的时候，也是"天雨粟，鬼夜哭"。万世万物都被赋予名字是一件震天撼地的大事，连鬼魂都要为之哭泣。所有的东西被命名也就意味着能够被人类所认识和操纵。而《地海传说》中出现的最有颠覆力的东西，是真名没有诞生之前的那种力量，叫做"太古力"，这种力量来自于大地。

由于娥苏拉·勒瑰恩同时还是一个女性主义者，所以这部小说比较关注女性角色。传统的奇幻小说中大部分法师都是男人，女巫则多是次要角色，就算法术高强，也往往被描绘成邪恶的化身。但是《地海传说》纠正了这个偏见，最后女巫成为最强大的魔法师，连男主角格得都远远比不上，因为她身上被赋予一种来自大地的力量。

这种对大地和女性的赞美以及对两者之间联系的强调，与希腊思想颇有渊源。今天的环保主义者所提倡的深度生态学中有个概念"盖娅"，在希腊文中的意思就是"大地"，是希腊神话中的大地母神。大地是有生命的，而且是一个超大型的生物，这就是《地海传说》中贯穿的理念。

　　此外，小说还升华出一些朴素的人生道理。比如格得的师父奥金，他的外号叫做"沉默者"，别的法师都会通过操纵天上的云来避雨，而他却总是任凭大雨肆意洒落，然后找棵丰茂的棕树躺下去。格得小时候不明白，学了魔法不用，学来有什么用呢？等他自己也成为一个大法师才明白：最伟大的法术就是藏而不用，没有用的东西，才往往具有最强大、最原始、最丰沛的生命力。

（主讲　梁文道）

《哈利·波特》

少年成长的败笔

J.K. 罗琳（1965—　），英国格温特郡人，毕业于埃克塞特大学，因《哈利·波特》系列的巨大成功，不久前被母校授予博士学位。

　　如果所有的一切不是经过矛盾的选择而获得，这个人物算成长过吗?

　　每一本《哈利·波特》出版都会引发全球书市的一阵狂飙，目前为止，《哈利·波特》系列已经卖出了三亿多本，是人类有史以来第三大畅销书。排在它前面的是谁呢? 第一位是《圣经》，第二位是《毛主席语录》。

　　奇幻小说已经成了流行文学或通俗小说的一个重要类型，它向来被认为是写给孩子看的东西，因为他们爱发呆，爱幻想。奇幻小说的特点就是特别强调一个魔法世界的存在，不管西方的《魔戒》还是中国的《封神榜》，都有属于自己的独特空间和规则。

　　《哈利·波特》具有奇幻小说的另一个特点，那就是沿用成长小说或教育小说的模式，强调一个少年的成长经验。成长小说这个概念来自德国文学，最有名的文本就是大文豪歌德的《少年维特之烦恼》，显然罗琳就是在这个基础上架构了一个魔法世界。

现在香港和台湾很多中小学都把《哈利·波特》作为指定的课外读物。说来也怪，很多孩子平常一上英文课就头痛，现在《哈利·波特》第七集一出来，他们等不及中译本就已经人手一册了。不仅如此，连拉丁文也开始受关注。在很多人看来，拉丁文早就是一种濒临死亡的语言，只是用来阅读一些古籍。可是因为《哈利·波特》中很多咒语是用拉丁文写的，以显示魔法是一种古老智慧的产物，现在居然也有很多人有兴趣去学拉丁文了。

有人说《哈利·波特》中的魔法学校，其原型是英国的一个贵族寄宿学校。想想看，这个学校的所有学生都是巫师的后裔或者有魔法天分的人，的确类似于贵族血统的限制。而这个学校的气氛也让很多英国小孩感到很亲切，比如小说里有一种只属于霍格沃兹魔法学校的球赛叫"魁地奇"，它的风格就很像英国著名贵族学校伊顿公学[1]的一种球类竞赛，这种比赛只有他们自己学校的学生才懂得玩。

---

[1] 伊顿公学(Eton College)坐落在距离伦敦20英里的温莎小镇，是英国最著名的贵族中学，由亨利六世于1440年创办，以"精英摇篮"、"绅士文化"闻名世界，也素以管理严格著称，学生成绩大都十分优异，每年250名左右的毕业生中，有70余名会进入牛津、剑桥，70%进入世界名校。

　　《哈利·波特》的文学表现到底如何呢？一向很有争议。比如美国文学评论界泰斗哈罗德·布鲁姆就认为它非常肤浅，用词粗糙，简直一无是处。也有人说这么多成年人也爱看《哈利·波特》是一种文学上的返祖现象，因为魔幻世界的幼稚想象可以帮助大家重温童年时候失落的乐趣。《纽约时报》的书评家甚至认为，《哈利·波特》系列可以成为一个史诗。

　　可是，它真的有那么了不起吗？它是如何从一个单身母亲的想法，发展成这样一个系列鸿篇，甚至带动了电影、网络游戏等巨大产业链的呢？撇开这些不谈，即便单从文学造诣本身来看，也有很多人觉得罗琳讲故事的手法是很高明的。

　　我们先来看一下儿童文学的发展，所谓"儿童文学"是一个很现代的概念，它一直到 19 世纪末才得以形成，到现在也不过一百年左右。因为 19 世纪末全世界的小孩才开始有上小学的习惯，如果条件许可的话，还会一直上中学和大学。现代人的整个青少年时期都是在学校环境中度过的，这一阶段他只读书，不工作。这个传统形成后，文学上也就相应出现专门为这一阶段的儿童所写的故事，形成了一种特殊的类型。

《哈利·波特》在写法上有什么特异之处呢？首先它的人物塑造比较细腻，像赫敏和罗恩身上就概括了童年伙伴的很多典型特征，而且这种典型还是跨文化的。就算你生活在不同国家，可是回想起自己的童年，好像总能找到几个这样的伙伴。罗琳的文笔也在不断进步，第七集的文字就非常散文化，不再那么强调儿童文学的风格。比如有一段描写哈利·波特与老校长邓普利多的亡灵在站台上相遇，场景伤感而诗意。除了文字更精致，人物性格也更加复杂了。其实直到第六集为止，《哈利·波特》都在沿用魔幻小说的常用模式叙述一个少年的成长过程。哈利·波特随着年龄增长不断遇到新的考验，比如朋友的出卖和背叛，最敬佩的老师邓普利多的离开，以及突然失去自己的信心等等，经历了一个人在成长中可能遇到的一切困难。

但是哈利·波特的性格从头到尾都没有发生过剧烈变化，这一点与大多数成长模式的小说不同。在成长小说或教育小说中，主角经历过某种考验之后，会展现出一种性格的变化，或者变得非常成熟优秀，或者反之走向堕落。如《少年维特之烦恼》，主人公在重要关头就选择了自杀。

　　而哈利·波特一直是个善良的小孩，脾气一直都那么好，他的性格没有经过任何剧烈转化，他的命运则早已被确定。在第七集里面，小说不断强调，能力不是一切，选择才是重要的。但对哈利·波特来说，他连选择的权利都没有，因为他直接从母亲那里继承了爱，他必须用来战胜伏地魔，而这个继承并不是他自己主动选择的。如果所有的一切不是经过矛盾的选择而获得，这个人物算成长过吗？我觉得这是《哈利·波特》第七集最大的败笔。

（主讲　梁文道）

《当世界年纪还小的时候》

天使的忧伤

于尔克·舒比格（Jürg Schubiger, 1936—　），
德国作家、心理治疗师，也曾做过编辑和出版
人。著有《大海在哪里》《爸爸妈妈我和她》《有
一只狗，它的名字叫天空》等。

他永远年轻，天堂也永远遥远，这样的天使会幸福吗？

　　一谈到教育孩子或适合亲子阅读的书，我们总是会抱很多良好期望，希望这些书会富于教育意义，好像一个故事如果不能给人教训就不能算是好故事。我们对儿童读物往往还会有很多假设，比如认为它应该是快乐的、灿烂的，而不能够太阴暗，最好避免谈到死亡。

　　《当世界年纪还小的时候》却几乎违背了一切关于儿童读物的既定规则。作者于尔克·舒比格是个德国人，也是一位心理学家，写过很多儿童文学作品。给这本书插图的是罗特劳特·苏珊娜·贝尔纳，她的画充满了童真乐趣，得过很多奖项。

　　德国作家一向对天使主题非常沉迷，彼得·汉克[1] 曾经写

---

[1]　彼得·汉克（Peter Handke，1942—　　），德国作家、诗人、编剧、电影导演。代表作包括剧本《冒犯观众》、小说《守门员对点球的焦虑》和维姆·文德斯电影《歧路》《柏林苍穹下》等。

过一本关于天使的小说，后来还把它拍成了电影。在这些作者笔下，天使好像总是忧伤的。这本书里有一篇童话叫《女孩和天使》，讲述一个小女孩认识了一个天使，天使很漂亮，两个人玩得很开心。有一天小女孩的奶奶快死了，小女孩让天使去看望她，给她一些安慰，至少为她描述一下天堂到底是什么样的，但这个天使好像也说不出来天堂的模样。

后来小女孩长大了，她的爸爸妈妈也变老了，只有天使还是那么年轻，或许天使本来就是不朽的。小女孩想嫁给天使，于是叫天使吻她，天使吻了她，小女孩说："我觉得像是被风吹到了大海边，我们再来一次吧！"小女孩很兴奋，可是天使却有点悲伤，呆呆地望着云端……

再后来，女孩结婚了，她的孩子也长大了，之后她也慢慢变老，只有天使还像从前一样年轻，他的金发还是那么漂亮，而天堂对他来说好像还是那么遥远。为什么天使会说不出天堂的模样呢？因为他离开天堂太久了，又不会死亡。比起那些即将死去的人来说，也许他对天堂更陌生。他永远年轻，天堂也永远遥远，这样的天使会幸福吗？

书里还有一个与死亡有关的故事，就是那篇《漂流的城市》。故事说有一个人离开了自己从小长大的城市，这座城市里有他的奶奶，已经快死了，他的母亲也快死了。但是等他走远以后回头一看，整座城市都不见了。原来这座城市到处漂流，十年之后，他又碰上了这座城市，里面的人告诉他说，你妈妈已经死了……

还有一篇故事讲森林里的小矮人，一个人走到森林里面，坐在树上随便说了一句话，那棵树就变成了一个人。后来他发现森林里有很多被咒语变成树的人，还有些人本来是树，但被咒语变成了人。到最后，大家都不知道自己到底是什么了。

这些故事看起来好像没什么意思，也不能给我们什么启示。可是我们听故事的目的到底是什么呢？小孩子为什么喜欢故事呢？难道只是为了受教育吗？如果你很难掌握一个故事的确切意义，发现它暧昧又混杂，这时候它不是更加有趣了吗？

书中还有个故事叫《发明》，讲的是世界上出现第一个人的时候，他发现周围空无一物，就到处走。后来他感到累了，就发明了椅子，让自己可以坐下来休息；后来又发明了桌子，让自己的手可以找个东西扶着。天开始刮风下雨，他又盖起了房子遮风挡雨。

有一天，他透过雨雾，看到有一个人向他的房子走来，那人问，我能进来吗？他便请他进来，很骄傲地给来客看自己发明了那么多好东西。然后他问这个人，你发明过什么吗？
这个人久久没说话，他没有勇气说出来，自己就是那些风和
雨的发明者。

这个故事是不是要告诉我们，后来那个人其实就是上帝
呢？似乎不是。这个故事有什么确切意义呢？好像也没有。
但是我发觉每次跟小孩子讲这些模棱两可的故事，他们就会
很高兴。因为这样的故事往往更能够发挥自由想象，故事中
有更多可以诠释的空间。

（主讲　梁文道）

《我的野生动物朋友》

蒂皮和她的朋友们

蒂皮·德格雷（Tippi Degre，1990—　），出生于非洲纳米比亚，父母是拍摄非洲野生动物的摄影师。她自幼与动物为伴，在丛林中长大。

虽然我觉得现在自己过得还不错，不过如果可以选择的话，我也想过蒂皮那样的生活。

很多年前，我还在美国住的时候，有一天半夜里，突然听到院子里有动静，悄悄打开门一看，原来是一只浣熊蹲在树底下。我看见它，它也看见了我，我们都僵在那儿一动不动。就这样过了好大一会，我扭头跑进厨房，打开冰箱拿了些水果出来，看到它居然还待在那里，我就把葡萄一粒一粒扔过去，它也不躲，就在那儿瞧着，等到葡萄溜到它脚底下，它才拾起来慢慢放到嘴里，然后我越扔越近，它就一路走到我面前来了。后来我直接用手拿给它，它居然也伸出手来接，最后我的手指甚至都碰到它的手掌了。

那一刻真令我毕生难忘，对浣熊们来说，我们人类过去常常驱赶它们，虐待它们，甚至开车把它们的同伴轧死。为什么这只浣熊还这么信任我？那种感觉真是非常特别。所以我觉得，与其饲养动物或者豢养宠物，还不如走到动物中间，跟它们做真正的朋友。我非常羡慕一个法国小女孩蒂皮·德格雷，她有一本《我的野生动物朋友》，被翻译成好几十种语言，畅销全世界。

蒂皮的父母从事野外摄影工作，他们常常到非洲各地拍摄动物。蒂皮就跟着爸爸妈妈在非洲长大，她从小跟各种动物一起玩，一起住，她的父母帮她拍下了很多精彩照片。后来他们回到法国，蒂皮十分难忘那些快乐的日子，就把照片找出来配上文字，重温当年的幸福时光。

有一张照片上的庞然大物叫做"阿布"，它是蒂皮的大象哥哥。阿布已经三十多岁了，是一头成年大象。但不晓得为什么对这个小女孩很喜欢，常常跟她一起玩儿，还让蒂皮爬到自己的背上，用鼻子把她高高地抬到天上去。那时候蒂皮还很小，她在绑尿片的时候就认识阿布了，有时候她光着小脚丫在泥巴路上走，阿布就小心翼翼地跟在她身后，看上去好像生怕踩到这个小姑娘。

蒂皮似乎有种本能，可以让各种动物都对她放下戒心。有时候我们对野生动物很提防，其实动物也害怕人类，让野生动物对你放下戒心是更困难的。当然蒂皮也有些动物朋友相当危险，比如花豹杰比。一些非洲部落小孩看见杰比，吓得赶快就跑。这么做其实是犯了大忌的，因为豹子一看到人跑就会追上去，把人当成猎物，有一次还真的咬伤了一个小孩。后来大家就把杰比关进笼子里惩罚它，但是蒂皮觉得它很可怜，天天去看它，隔着笼子抚摸它。杰比一看到蒂皮就高兴地站起来，对着蒂皮撒尿——这是猎豹表示友好的方式。蒂皮也很高兴，然后带了一身豹尿回去跟父母炫耀，甚至不肯把衣服换下来，以保存这伟大的友谊之尿。

还有一些比较接近人类的灵长类动物，看上去没什么危险，其实也是很凶的，比如狒狒，大家见过狒狒发怒时，那些门牙有多可怕。蒂皮四岁的时候认识了一只狒狒宝宝辛迪。两个小家伙差不多大，常常一起到野外逛。这只狒狒是在野

生动物保护区长大的，人们会供给它一些营养，用奶瓶喂它喝奶。因为蒂皮跟它太友好了，他们俩就常常交换奶瓶喝，真是你中有我，我中有你，好得不分彼此。

蒂皮的另一个好朋友是狮子木法萨，当它还是一只小狮子的时候，就常常躲在蒂皮的怀里面，吮着她的手指头入睡。但是狮子长得很快，渐渐地大人们就不敢再让蒂皮接近它了。不过他们一见面，木法萨当然还认得蒂皮，很亲热地扑上去，但它不晓得自己长得有多大了，尾巴一扫就能把蒂皮绊倒，当然蒂皮根本不在意。

就这样，蒂皮结识了各种各样的野生动物朋友：青蛙、猫头鹰、鸵鸟……她都给它们取了名字。回到巴黎以后，她仍然梦想有一天能回到非洲，她觉得自己是属于那里的。说真的，虽然我觉得现在自己过得还不错，不过如果可以选择的话，我也想过蒂皮那样的生活。

（主讲　梁文道）

《马利与我》

世界头号捣蛋狗

约翰·杰罗甘，宾夕法尼亚《费城调查者》报专栏作家，他的《马利与我》一书出版后跃居美国各大畅销书排行榜榜首，并由福克斯公司改编为同名电影。

马利，我们跟你说了十几年，说你很糟糕，你很坏，你千万不要相信——其实你是世界上最棒的狗。

现代社会人与人之间好像越来越不容易打交道了，于是很多人会把感情寄托在动物身上，对它们越来越依恋，一些关于动物的书和电影也随之流行起来，《马利与我》就是这几年很红的一本书。

这本书的主角马利是一只拉布拉多犬，这种狗通常很温驯，常常被训练成导盲犬。但是我们的作者很不幸，他声称自己养的这只马利不但不乖，而且是全世界最糟糕的狗。他说马利小时候身强力壮，但注意力很差，像炸药一样极不稳定，任何事情都会让它高兴到撞墙，像喝了三倍分量的浓缩咖啡一样亢奋。过了好多年作者才知道，它的行为是一种病症的早期症状，这种病后来被套用到成千上万难以控制、屁

116 ·

股坐不住的学童身上。

这只狗捣蛋到什么程度呢？有时候他们两夫妇要出门旅行，找人来帮忙看家时要写个便条，告诉人家怎么看好马利。这个便条通常都会写成一篇很长的文章，里面包含数不清的注意事项。比如说，天气炎热的时候，切记随时准备大量的水放在饲料盆旁边，而且要随时补充。但是水太多了呢，马利又喜欢把嘴巴泡进水里玩潜水游戏，然后把水溅得到处都是。而且它的口腔能含住的水量相当惊人，如果你放任它不管，它就会把沙发和地毯上弄得到处是水，如果它用头的话，水还会溅到墙壁和台灯上。

还有，拜托一定要把马桶盖子盖好，禁止马利喝马桶里的水，但是它已经学会了用鼻子掀马桶盖；禁止它在庭院里挖洞或乱拔花草植物，每当它觉得自己被忽略时，通常会有这种行为；禁止它翻垃圾桶，如果你看到它翻垃圾桶的话，请把垃圾桶放到厨房的桌子上；禁止它扑到人们的身上闻胯下，或任何不适当的社交行为，虽然那恰巧是它最喜欢干的事儿……

对所有到家里来的朋友，不管是大人还是小孩，推销员还是邮差，它欢迎的方法都是一样的，就是全速冲上去，整只狗压在他们身上，然后舔人家的脸。当它还是只可以抱在怀里的小狗时，这样做当然很可爱，可是现在它把所有的客人都吓跑了。于是主人就准备把它送到狗训练学校去，学习如何做一只正常的狗。

其实马利很小的时候就被送去过一回，但是学了几天也没学好。训导员说，你还是把它带回去吧，现在太小了，可能教不好。这话刚说完，马利立刻威风地扯起后腿，喷射出一泡尿，差点溅到老师身上。第一回就这样被开除了。现在主人觉得它已经长大了，总该成熟点儿了吧，于是就把它送去另一家学校。这一回，好歹熬到了毕业，而且拿了一张倒数第二名的证书。主人叹口气说，算了，至少还不是倒数第一，没想到刚出门，这证书就给它一口咬去吞掉了。这就是马利，主人心目中全世界最糟糕的一只捣蛋狗。

不过奇怪的是，这只狗有时候还挺懂事。主人夫妇一直没有小孩，有一次太太怀孕还流了产，很凄惨。后来终于生了一个孩子，大家都有点担心，觉得马利这么疯，会不会伤害婴儿呢？意外的是，每当小宝宝躺在婴儿床上的时候，马利就会乖巧地卧在旁边守卫他，还不时伸出舌头舔舔宝宝的小脸。小孩子会爬以后，马利还会安静地趴在地上，让宝宝爬到他身上去，扯它的毛它也不动，抓疼了也无所谓。有一回小孩的外祖母吓坏了，说看到马利把头伸到婴儿床里面拼命地咬。两夫妇很镇定地告诉外婆说，没事，它只是在吃尿布。它喜欢吃尿布，而且每回它去吃的时候，宝宝也会很开心。

此外，马利还很英勇。有一回，主人家附近有一个女孩被抢劫了，邻居们听到喊声都冲出去救人，去追那个贼。这时候马利居然用一种从来没有人见过的姿态，整个背弓起来，威武庄严地守护在女孩身前，不准任何人再接近她。

可是再好的狗也有死去的时候，最后马利也老了，病了。它以前天天跟着人上楼下楼，可是它现在老得连楼梯都上不去了。马利就在楼梯边哀鸣，没有办法再跟着主人上楼睡觉了，最后主人只好搬到楼下，在客厅里陪它睡。等它终于快不行的时候，主人忍不住抱着马利说："马利，我们跟你说了十几年，说你很糟糕，你很坏，你千万不要相信——其实你是世界上最棒的狗。"

（主讲　梁文道）

《猫啊，猫》

文人爱猫

　　陈子善（1948—　）上海人，华东师范大学中文系教授，中国现代文学数据与研究中心主任。著有《文人事》《发现的愉悦》《说不尽的张爱玲》等。

虽然是这样亲近的朝夕相处着，但那双黑黑的眼珠后面是个什么样的世界，我们人真的能够理解吗？

都说狗是人类最好的朋友，不过对文人而言，最好的朋友一定是猫。古今中外不知有多少文人墨客写过诗歌、小说、戏剧、散文，甚至论文去谈论猫。当然也有例外，比如鲁迅就喜欢狗，觉得猫很讨厌。

但总的说来，喜欢猫的读书人加起来一定比不喜欢的多。陈子善教授就是一个猫痴。其实他最初对猫也没什么感觉，是后来收养猫才开始爱上猫，之后就爱屋及乌，到处收集跟猫有关的作品、图片，甚至藏书票，最后就集成了这本《猫啊，猫》。

这本书的名字取得真好，一点废话没有，干脆就在歌颂猫了。书里的大部分文章都是爱猫人写的，如郑振铎、丰子恺、梁实秋、席慕蓉、杨绛、季羡林等。其中丰子恺是个很爱护动物的人，后来吃素也是为了不希望杀生。他很爱小猫，哪怕它们窝在自己头上或者肩膀上睡觉，他也不以为苦，反而很高兴，觉得猫能够跟他这样亲近，一定是非常信任他才会有这样的举动。

书中收了丰子恺先生的两篇文章，同时也配了一些他自己画的猫，非常传神。在那篇《阿咪》里面，丰子恺老先生说，不晓得是不是年纪大了，不太喜欢跟生人说话，有时候朋友来看他，聊起天来话不投机怎么办？有猫在就行了！有一次一个客人来向他叙述一件颇伤脑筋的事，谈话冗长曲折，连听者也很吃力。谈至中途，阿咪蹦跳而来，无端地仰卧在他们面前。客人正在愤慨之际，忽然转怒为喜，停止发言，赞这猫很有趣，便欣赏它，抚弄它，获得了片时的休息与调节。你看，这猫多么能抚慰人心！

大部分养猫的文人都有这个经验，小猫偏偏喜欢在你写稿的时候趴在桌上。看着你的笔动，它觉得有趣就要来拨弄，有时干脆整个身子躺在稿纸上。丰子恺先生的阿咪就是如此，有时它竟盘拢身体在稿纸上睡着了，身体仿佛一堆牛粪，正好装满了一张稿纸。

　　再看另一位出了名爱猫的老先生季羡林。季先生从小就喜欢动物，而且什么都养。在《老猫》这篇文章里，他说："我从小就喜爱小动物，同小动物在一起别有一番滋味。它们天真无邪，率性而行，有吃抢吃，有喝抢喝，不会说谎，不会推诿，受到惩罚忍痛挨打，一转眼间照偷不误，同它们在一起，我心里感到怡然、坦然、安然、欣然，不像跟人在一起那样，应对进退，谨小慎微，斟酌词句，保持距离，感到异常地别扭。"这大概也是很多人喜欢养小动物的原因吧。

　　季先生这只猫对他的稿纸也是情有独钟，"有一回小咪咪偏偏看上了我桌子上的稿纸，我正写着什么文章，然而它却根本不管这一套，跳上去屁股往下一蹲，一泡猫尿留在上面，还闪着微弱的光。"季先生这个急啊，怎么办呢？要不要打它呢？偏偏老先生曾经起过誓，绝对不打小动物，结果当然没打成。

　　其实养过猫的人都知道，猫很少随处撒尿，一般是很懂规矩的。香港名作家西西就写了一篇猫怎样上厕所的文章，她说自己的一个朋友拿了只小猫过来，还顺便买了些猫砂、盆子之类。我们都知道，猫是很爱干净的，它们喜欢找个沙堆来撒尿拉屎，完了还用沙子掩埋起来，显得挺干净。

西西说她正发愁怎么教小猫用猫砂呢，谁知道"这小猫已经跳进去小便，神情肃穆。完毕扒砂盖上，干干净净，大家很是惊奇"。然后她又说："谁能解读一只猫呢？如果健康正常，得好歹跟它相处十数年。朋友为此翻开了一些饲养猫的书、录影带，但是谁又能够了解它小小的脑子里面想些什么呢？它对一切移动、飞舞、摇晃的事非常专注。不看东西的时候仿佛哲人沉思，眼睛充满秘密。它有独立的性格，不爱吃的食物一手打掉，偶然经过还要再打，这就是猫。"

说到猫的神秘，如果大家也养过猫的话，你注意一下它的眼睛，会不会觉得奇怪？虽然是这样亲近地朝夕相处着，但那双黑黑的眼珠后面是个什么样的世界，我们人真的能够理解吗？

（主讲　梁文道）

《成为家中一员的麻雀小珠》

麻雀也读书

竹田津实（1937—   ），日本北海道斜里郡小清水町兽医，从1966年开始做北狐的生态调查，并对当地受伤的野生动物进行收容、治疗。著有《北狐物语》《酗酒兽医的动物记》《森林的医生》等。

它常常飞到人的手上……务求让你的手掌能够完整地把它包起来，以便它舒服惬意地躲在里头。这就是麻雀小珠最大的癖好。

　　我喜欢小动物，从小到大养过狗、猫、鱼、小鸟、蜥蜴、乌龟、水母……甚至蝙蝠。但有一样东西我一直好奇到底能不能养？就是麻雀。有人说如果把麻雀关进笼子里，它会拼命往外撞，撞得流血受伤都不会停，一直到筋疲力尽而死。可见麻雀真的是一种极度喜爱自由的动物。

　　但是本书的作者竹田津实却养了一只麻雀，只不过不是养在笼子里，而是让它在家里到处飞。竹田津实是日本北海道附近的一名兽医，那里民风很淳朴，他们遇到受伤或迷途的动物，不管是小鹿还是小狐狸，都一股脑儿送到兽医那里去。所以竹田家常常会有各种各样的小动物，有些动物养久了不肯走，就在他们家住下来。麻雀小珠就是这样。

　　之前竹田津实家里已经出现过几十只麻雀了，一般都是受了伤，被他医好后放飞。竹田会给不同的动物取不同的名字，麻雀一律都叫"小珠"。我们今天讲的小珠，已经不知道是第几十只了，不过却是唯一恋家的小珠，野放出去偏偏还要回来。

　　这只小珠是从窝里掉下来的。竹田医生捡到后带回家喂养。喂小麻雀很麻烦，它永远张开嘴巴在那儿叫，好像怎么都喂不饱。不过等它长大一点就比较好玩了，因为小珠不知道从什么时候开始发现了睡觉最舒服的地方——人的手掌。它常常飞到人的手上，如果你握着拳头不肯摊开，它会用嘴巴啄你的手指，一只一只啄开，然后躺上去，再一只一只啄着你把手指扳回来，务求让你的手掌能够完整地把它包起来，以便它舒服惬意地躲在里头。这就是麻雀小珠最大的癖好。

　　当然除了这个癖好之外，它还有很多一般麻雀都有的喜好，比如洗澡。你见过麻雀洗澡吗？麻雀可爱洗澡了，我就常常看到，麻雀把自己埋在干净的沙土里，用翅膀把沙粒扬得到处都是。如果有水的话，只要这水是干净的，它也很愿意跳进去游一游。小珠特别喜欢洗澡，每天早上大家洗完脸，水放在那儿，它就会马上跳进去洗澡。它也很喜欢水龙头，觉得滴水很好玩，经常对着水龙头发呆。

在竹田家住久了之后，小珠已经把自己当人类看了。竹田医生像很多喜爱小动物的人一样，有一种天真的好奇心，他很想知道，小珠对着镜子会有什么反应？它认得自己吗？它有没有自我意识呢？于是有一天他拿了一面镜子给小珠看，小珠非常错愕，尤其是竹田医生自己也一起出现在镜子里的时候，小珠的表情看上去怪异极了，好像突然发现原来自己跟人长得不一样啊。

可是它平常的行为完全跟人一样，比如家里人吃东西的时候，不管吃米饭还是面条，小珠也一样上桌就吃；有一次吃到很辣的汤面，小珠被辣得受不了，不停地抹嘴巴抹了整整二十分钟，可是下次你给它吃什么，它照吃不误。

小珠还非常喜欢跟人腻在一起，它看到竹田太太的头发很长，觉得很有意思，就常常躲进她的头发里半天不出来。就算她出门去，小珠也可以一直停在她肩膀上。因为家里常常有很多别的小动物，猫啊、狗啊、狐狸啊，它就收集它们的毛，给自己做了一个小窝。

但是窝做成了又有麻烦，因为麻雀的天性是地盘观念很重，要是有人想靠近它的小窝，它就会扑过来啄你，甚至你在旁边窥视，看得久了它也要啄你。可是后来除了自己的小窝之外，它渐渐觉得整个家都是它的了。只要有人开门进来，它就飞上去啄几口，连邮差也不放过。久而久之，竹田医生只好在家门口竖了块牌子——"小心猛禽！"

　　而且这只小珠对读书也很有兴趣，它把自己的小窝就垒在书架上，然后缩着小头躲在里面。每次你想过来拿书，它就会跑出来咬你的手。看来，麻雀是怎么都不能养在家里的。如果我所有的书柜里都住上了麻雀，我不就过不下去了吗？

（主讲　梁文道）

《龙纹身的女孩》

瑞典推理之"千禧三部曲"

史迪格·拉森(Stieg Larsson,1954—2004），瑞典作家、新闻记者，长期致力于揭发瑞典极右派组织的不法行动。2001年开始撰写《千禧年》系列小说，面世以来畅销不衰。

这样的女孩形象在生活中比较少见，她们从打扮到举止都很另类，但内心深处和我们一样，渴望社会的公平与正义。

瑞典的推理小说虽然不像英国和法国那样佳作如林，但也出过不少名作，比如 20 世纪 70 年代很有名的"马丁·贝克系列"[1]。近年来比较有名的推理小说作家有亨宁·曼凯尔[2]，以及这本《龙纹身的女孩》的作者史迪格·拉森。

史迪格·拉森六十多岁才开始写小说，第一本书就非常轰动，此后他陆续出版了《龙纹身的女孩》《玩火的女孩》和《空中的城堡》（又名《直捣蜂窝的女孩》），非常可惜的是，

---

[1] "马丁·贝克系列"小说由马伊·舍瓦尔和佩尔·瓦勒夫妇共同创作出版，两人从一九六五年开始，每年出版一部以警探马丁·贝克为主角的小说，直到一九七五年瓦勒去世，共创作了十部小说，代表作有《大笑的警察》《罗丝安娜》等，曾获得侦探小说界最高荣誉"爱伦·坡奖"。

[2] 亨宁·曼凯尔(Henning Mankell, 1948—)，瑞典作家，"瓦兰德探案系列"轰动一时，多部小说被改编为影视剧。代表作有《白色死罪》《死亡错步》等。

"千禧三步曲"出版之后，他就因为心脏病去世了。

就情节而言，这套小说真是精彩绝伦，讲一位新闻记者接受了一个大企业家的委托去调查一件案子，这案子牵涉到他们家族的重大秘密。在查案过程中他遇到了一个叫莎兰德的小女孩，这个女孩在小说中扮演了重要角色，她的形象也非常特殊。大家都知道瑞典是个出金发美女的地方，莎兰德却又矮又瘦，身高只有一米五，虽已24岁，却让人觉得好像只有14岁。莎兰德在一家保安公司工作，是个技术高超的黑客，可以轻而易举地闯入别人的电脑。她与这位记者合作，一起调查大企业家的家族秘密。

调查过程当然离奇曲折，这按下不表，先来关注一下莎兰德这个人物形象。这个瘦弱女孩拥有超人的本领和刚烈的性格，小说通过她的经历揭露了在瑞典这样一个被很多人认为是天堂一般的国家，男权社会对女性的压迫与其他国家相比也毫不逊色。

莎兰德是个孤儿，按照瑞典法律，她在成年以后也可以领到政府的福利津贴，但前提是她必须要有监护人。她的监护人是个律师，却品行不佳，利用这一点对她进行性侵犯。因为只有得到他的签字，莎兰德才能领到每个月的津贴。

第一次，莎兰德在完全没有心理准备的情况下吃了亏，但是第二次她就开始想办法保护自己。她把律师侵犯自己的过程拍下来，然后用电棒制服了他，把光碟放给他看，以其人之道，还治其人之身，用一个性玩具狠狠地报复了这个邪恶律师，还在他肚皮上刺字，大意是他是一只性变态的猪。这个律师已经用此类手法侵犯了很多女孩子，这一次却不小心栽在龙纹身的女孩身上。

这样的女孩形象在生活中比较少见，她们从打扮到举止都很另类，但内心深处和我们一样，渴望社会的公平与正义。后来这部小说被改编成了电影，莎兰德这个人物形象在银幕上也很有魅力。

（主讲　何亮亮）

镀
金
中
国

《镀金中国》

语言泡沫与自我膨胀

　　许知远（1976—　），毕业于北京大学计算机系微电子专业，现任职于《生活》杂志。曾为《三联生活周刊》《新周刊》《21世纪经济报道》等报刊撰稿。著有《那些忧伤的年轻人》《中国纪事》《新闻业的怀乡病》等。

今天的中国就是一个虚与实、泡沫与真相相互交错的混沌年代。

有一句名言被用滥了，却总是非常管用，那就是狄更斯
说的："这是最好的时代，也是最坏的时代"[1]。19世纪末20
世纪初，美国媒体就如此形容当年的盛况，即所谓的"镀金
时代"。

那时候美国的国家财富积累很快，甚至超过了当时的世
界第一大国——英国。纽约的摩天大楼越起越多，商界和政
界越来越富裕，贫富差距却也越来越大。这是美国历史上贫
富最为悬殊的年代，很多生活在底层的人连温饱都成问题。
于是，很快，臭名昭著的"大萧条"[2]来了。

---

[1]　英国文豪狄更斯(Charles Dickens)以法国大革命为时代背景所撰之名著《双城
记》的开场引言。

[2]　大萧条（The Great Depression），指1929年至1933年之间全球性的经济大
衰退。

许知远将自己这本书命名为《镀金中国》，副标题是"大国雄起的虚与实"。他说，如果你每天都坚持阅读《参考消息》第八版，会发现连篇累牍都是些激动人心的标题，什么"已经崛起的中国"、"中国——第三世界国家的楷模"、"世界必须学会与中国相处"、"中国世纪"等等，好像全世界都在和我们一起焦虑，觉得中国已经强大到不行了。作者由此提出一个问题，一个国家的实力等于它所拥有的物质力量吗？

经过 25 年的高速经济增长，中国目前已成为世界第二大经济体，并且据说有望在未来数十年内超过美国。但历史上一个国家的实力与其物质力量的发展往往并不同步，美国在 1880 年的时候已经超过英国成为世界第一大经济体，但在国际舞台上却并未受重视，因为它的外交力量和军事力量还不够强大。那么，目前这个常常在语言泡沫之中自我膨胀的中国又是什么情况呢？

作者说，倘如你生活在此刻的中国，你会经历和目睹一些与表面的辉煌数字并不相符的东西：大学成了巨大的商业公司和行政机关，思想与价值成了其中最不重要的一环；社会上人人渴望成功，脸上挂满了焦虑的神情；互联网上褊狭与愚蠢泛滥，人人以言谈粗鄙为荣，除去实际利益什么也不相信……而最重要的一点，人们都已经丧失了对美好未来的期待，也不再相信生活还存在另一种可能，对善良、正义、理想、尊严、勇气这些人类的基本情感一律采取漠视态度。这是作者近年来观察中国社会现状后的总结。他说，今天的中国就是一个虚与实、泡沫与真相相互交错的混沌年代。

许知远虽然念过北大，所学的却是计算机专业，并不是我们心目中那种典型的北大才子形象。他早期接触过很多西方传媒的运作模式，所以不管是写作风格还是身份定位，都有点类似 Thomas Friedman[1] 的风格。西方国家有一种公共知识分子，虽然也常常以媒体记者身份采访很多人，但并不意味着他自己就很肤浅。他也许好学深思，博览群书，又能用一种老妪能解的通俗语言把自己所经验和观察到的总结出来，虽然这种观察好像没有严格的学术支撑，却因为视角本身的庞大而带给人很多灵感。

许知远毫不讳言他早年对梁启超和李普曼[2] 等人的崇拜，并至今认为 20 世纪 20 年代的中国是令人怀念的。新文化运动为它奠定了清新自由的基调，而处于青春期的中国知识分

---

[1] 托马斯·弗里德曼(Thomas L.Friedman, 1953—)，美国名记者、专栏作家，三次获得普利策奖，先后任职于《时代杂志》和《纽约时报》。著有《凌志车与橄榄树：理解全球化》《经济与态度：探究"9·11"后的世界》《世界是平的》等。

[2] 沃尔特·李普曼(Walter Lippmann, 1889—1974)，美国著名政论家、专栏作家。1911 年毕业于哈佛大学，后投身于新闻业，曾做过多位美国总统的顾问，1958 年获普利策新闻奖。著有《舆论学》《外交的主宰》《自由与新闻》等。

子也习惯将学院之外的媒体作为拓展自我的空间，新闻界人士往往同时是教授、作家、翻译家，多种身份互相延伸。

秉持着这种理想，许知远访问过很多名人，观察了很多中国当下的虚实问题。比如在谈到中国商业时，他非常坦白地说，在接触过那么多本土企业家之后，他才发现他们中的大多数言谈都是苍白的。虽然今天大家都觉得中国企业在全球越来越有实力，但是有多少家企业能够成为真正的国际化品牌？除了依靠国家扶持或垄断资本，又有什么真正创新的东西能够拿到国际市场上去？

（主讲　梁文道）

《飘移中国》

聪明的真话

　　韩寒（1982—　），上海人，作家，赛车手。出版有小说《三重门》《光荣日》，散文集《零下一度》《杂的文》等。曾发行个人唱片《十八禁》，出演电影《海上传奇》。2010年入选美国《时代周刊》"全球最具影响力100人"。

很多人的撒谎体验是从写作文开始的，而为数不多的说真话经验大概是从写情书开始的。

韩寒刚出道的时候，年轻，长得帅，又是很好的赛车手，难免被媒体追踪热捧。韩寒的杂文写得很好，我跟朋友聊天时说，要是中国每一个 80 后都像他这样，头脑清晰利索，讲话又有幽默感，这个国家就太有希望了。

韩寒的笔调很有点像年轻时候的鲁迅，文中有不少火辣的讽刺，当然他没有鲁迅那种深层的悲剧感，我觉得鲁迅小说里那种非常黑暗的元素才是他最伟大的地方。而韩寒的杂文写得比较聪明，他对这个时代的观察使得很多年轻人都愿意相信。《飘移中国》是他在香港出版的文集，"飘移"这个词相当讨巧，显然会让人联想到他赛车手的身份。

大家都觉得韩寒文章写得很勇敢、很刺激，他自己却觉得不过是说了一些真话，当然他的真话比大多数人说得要好。韩寒说很多人的撒谎体验是从写作文开始的，而为数不多的说真话经验大概是从写情书开始的。

从小学到中学，语文教材和作文范文只教给大家赞美、歌颂，而揭露和鞭挞被认为是阴暗和不积极的。当然赞美和歌颂也不是什么坏事情，关键是连赞美和歌颂的内容都有规定，这就注定了我们的作文写到最后只能全是假话了。

韩寒这话说得相当有道理，而且说得很幽默。他说他上学的时候，有一次学校组织看《泰坦尼克号》，他有点担心，因为听说里面会有裸露镜头，但老师说没关系，片子是经过教导主任制作的。他很吃惊，心说没想到教导主任还会剪片子。大家看电影的时候当然很投入，等到露丝躺在沙发上的时候，大家都情不自禁屏住了呼吸，但露丝的衣服刚刚滑落，银幕上便一片漆黑———只大手遮住了放映室的胶片。底下一片哗然，原来是这样制作的啊，还是现场制作呢。

等到露丝穿回衣服，银幕马上重现光明，时机把握得天衣无缝，看来这个段落教导主任也偷偷摸摸看了不少遍吧。于是韩寒说，人们总说要保护青少年，好像青少年就是这么一个无比脆弱的群体，一看见露点照片就要上街强奸，一看见鲜血就要拔刀捅人，一看见历史真相就要暴力游行——这话真是明快有趣。

韩寒敢于挑战权威，对很多文坛大腕都曾毫不客气地批评过。有一回他说巴金、茅盾、冰心三个人文笔不好，冰心的书他读不下去，被很多人骂。韩寒回应说：

评论家们如此义愤填膺，想必是不认同我的观点，那他们就应该告诉我，巴金、茅盾、冰心的文笔好在哪儿？如果他们说的我不认同，那就是大家的审美观念不一致，一拍两散才是正常的。但现在他们说我忘本，是人品有问题，说我必将被钉在历史的耻辱柱上。原来读不下去冰心的书就要被钉在历史的耻辱柱上，那这耻辱柱似乎得做大点吧。

在《脆弱的教授》这篇文章中，他说曾有一位教授提出，中国的图腾不应该再用龙了。韩寒说如果龙不是好东西，那究竟什么才算好东西呢？按照当代人的理解，钱和房子应该是公认的好东西了，那中国的图腾索性就一个楼盘加上一张人民币得了。历来民族图腾都是凶兽，你见过用兔子做图腾的吗？

韩寒说他发现很多大学教授都很脆弱，有一回一个教授在博客上说韩寒对他进行了人身攻击。韩寒反复查看自己的文章，左右都看不出问题，后来仔细想想，大概是开头那句"吃饱了撑的"惹的祸。韩寒说，好吧，"吃饱了撑的"的确是对身体的攻击，我愿意为此道歉，您从此就别撑了。

这些文字相当讨巧，所以年轻人很爱看。当然也有人批评韩寒，比如许知远的那篇《庸众的胜利》[1]。的确，韩寒的杂文虽然反叛，却并没有真正的危险性和颠覆作用，恰好在我们这个时代可以承受的限度以内。每个人对现实的不满都可以透过对韩寒的喜欢投射出来。

（主讲　梁文道）

---

　　[1]　在《庸众的胜利》一文中，许知远将韩寒描述为一个聪明的年轻人："他的文章总是如此浅显直白，没有任何阅读障碍，也不会提到任何你不知道的知识；还有他嘲讽式的挑衅姿态，显得如此机智，他还熟知挑战的分寸，绝不真正越政治雷池一步；他也从来不暴露自己内心的焦灼与困惑，很酷……""他能把赛车冠军、畅销书作家、叛逆小子和即兴讽刺者等多重角色结合，并能在种种诱惑面前保持警惕，况且他才二十七岁。人们尤其着迷于最后一点，他在自己全球浏览量第一的博客上，嘲讽这社会中的种种愚蠢和不公。"他的结论则是："韩寒掀起的迷狂，衬托出这个崛起大国的内在苍白、可悲、浅薄——一个聪明的青年人说出了一些真话，他就让这个时代的神经震颤不已。与其说这是韩寒的胜利，不如说是庸众的胜利，或是整个民族的失败。"

《中国怎么想？》

经济降温之后

马克·里欧纳德（Mark Leonard, 1974— ），现任欧洲外交关系协会执行主任，曾在欧洲改革中心（Centre for European Reform）任职，另著有《欧洲为什么将主导二十一世纪》等。

观察中国的知识界会为观察中国的方方面面提供一个窗口。

很多西方观察家谈论中国的时候，很少重视中国思想界自身的判断与看法，无论学术还是传媒领域，都习惯于把一些西方模式套用到中国的发展现状上。直到《中国怎么想》(*What Does China Think*) 问世，这种情况才有所改观。

作者马克·里欧纳德非常年轻，是欧洲外交关系协会的执行主任。在写这本书的过程中，他采访了中国知识界很多人，各种立场派别都有。他想提醒西方，过去是否太忽略中国的看法？是否应该关注一下中国自己的思考？

在这种情况下，很多重要而深刻的争论只能通过知识分子来完成，像是一场由代理人来打的战争。所以，观察中国的知识界会为观察中国的方方面面提供一个窗口。

　　书中首先介绍的是张维迎[1] 提出的价格双轨制，所谓价格双轨制就是一方面由政府来为物品制定官方定价，另一方面又允许市场来浮动价格。张维迎称之为"斑马理论"，并用一个有趣的故事加以说明：一个村子里养了很多马，村领导一直告诉大家这种马有多么好，而隔壁村子养的斑马则不好。但是渐渐地大家发现，这种马好吃懒做，并不好啊。怎么办呢？有一天村长偷偷放进来几匹斑马，跟老百姓们解释说："大家不要怕，这不是斑马，只是画上了花纹，看起来像斑马而已。"后来斑马的数量越来越多，几乎整个村子里都是斑马了。村领导才出来正式宣布："其实斑马是好的，我们原来那个马才是坏的。"

　　这就是价格双轨制，暗度陈仓地把市场经济移植入计划经济，直到把计划经济的一切残余完全取代为止。这种做法到了邓小平、江泽民之后似乎有了变化，于是张维迎说他现在也很担心政府失去了走向合理格局的动力，不想从经济舞台退场，甚至认为领导人已屈服于一种危险的民粹主义[2]。

---

　　[1]　张维迎（1959—　），牛津大学经济学博士，北京大学经济学教授。著有《博弈论与信息经济学》《价格、市场与企业家》等。

　　[2]　民粹主义（Populism），可译为平民主义，是在19世纪的俄国兴起的一股社会思潮。它极端强调平民群众的价值和理想，把平民化和大众化作为所有政治运动和政治制度合法性的最终来源。民粹主义认为平民被社会中的精英所压制，而国家这个体制工具需要离开这些自私的精英的控制而使用在全民的福祉和进步的目的上。

　　张维迎说，在目前这种情况下，我们很难讨论严肃的议题。二十世纪八九十年代的时候，经济学家们自己关起门来讨论就好了，但是今天的老百姓却使用左翼的措辞抨击我们，诋毁我们的功劳，说我们接受了美国政府或者新资产阶级的资助。

　　类似的情况也在政治改革领域存在。为了观察这个问题，马克·里欧纳德特地跑到四川的平昌县考察。平昌县最近几年很出名，因为它破天荒地准许党员直选党委书记。以前可能会允许直选村长、乡长，但是从来没有碰过党的组织。现在平昌县的党员可以直选党委书记，就等于搞党内选举，让党员民主化。马克·里欧纳德把它形容为民主改革的另一匹斑马。而学者俞可平[1]认为，党员本身的优势，如较高的教育水平、出色的表达能力，足以让他们成为民主先锋部队。

　　俞可平的观点和张维迎一样饱受抨击，很多人认为这样是走不通的，中国的政治改革最重要的不是学西方那一套民主选举，而是要走出一种自己的模式。同样，中国搞市场经济的时候，也不能完全跟随英美那种已经快要破产的新自由主义。

---

　　[1] 俞可平（1959— ），政治学者，现任中共中央编译局副局长、北京大学中国政府创新研究中心主任。著有《中国地方政府创新》《中国公民社会的制度环境》《民主与陀螺》等。

究竟该怎么办？马克·里欧纳德又访问了另一批人——新左派知识分子。新左派和自由派的争论最近几年虽有所平息，但争论本身早已深入人心。有人还把这个争论进行了简单的二元分化，好像自由派都主张激进的市场改革，让中国变得更加资本主义，同时在政治上要求自由、民主、人权；而新左派则反过来主张一种国家主义的威权统治，倾向于赞成公有制的社会经济和福利更广泛的社会保障，对外则坚持捍卫主权，保卫民族和国家利益。

作为旁观者，马克·里欧纳德清楚地指出，这样的理解不仅简陋，也并不符合事情真相。其实像张维迎这样的学者，过去曾是中国市场改革的智囊之一。而新左派经济学家如胡鞍钢[1]、崔之元[2]等，主要强调的是我们需要更强大的中央政府执政能力。过去的经济学家普遍认为，大政府是坏的，小政府是好的，而新左派学者却认为大政府不见得就是坏的，但是需要有恰当的执政能力，这才是最重要的。

新左派认为国内消费能力只有在人民感觉安逸的时候才会上升，所以需要用社会福利来保证人民不受疾病、失业或

---

[1] 胡鞍钢（1953—　），清华大学公共管理学院教授，著有《中国战略构想》《第二次转型：国家制度建设》等。

[2] 崔之元（1963—　），芝加哥大学政治学博士，清华大学公共管理学院教授。著有《看不见的手范式悖论》等。

养老问题的困扰。可以看到，近年来国内很多政策路线都受这种思想影响，但是如果因此就认为新左派是反对民主改革的，那就大谬不然了。

其实很多新左派主张，如果缺乏更广泛的政治改革，新左派的议程就没有发展的可能，因为中国的新贵们对政治是有约束力的，这就需要民主赋予政府权力，从特权集团手中取回财富作为公共财产。20世纪90年代，自由市场和独裁政府之间还有个二分法，人们认为经济改革有效，可以晚一点再来谈改革政府。现在我们面临的许多经济改革的问题，都需要政治改革来矫正。

类似的说法很接近一般印象中的民主派，而它恰恰是被很多人误解的新左派提出来的。另一位北大学者潘维[1]则认为，像平昌县那样的地方民主选举实验是行不通的，因为西方民主选举在中国实行到最后，只能是"赢者通吃"，去竞选的官员不只服务选民，还要服务财主。他认为中国的土壤不适合照搬西方模式。

听起来大概很像国家威权分子的言论，但其实他不是。潘维更赞赏市场改革议程，坚信法治比民主重要。他认为，

_____

[1] 潘维，北京大学国际关系学院教授、中国与世界研究中心主任。著有《法治与民主迷信》《社会主义与中国农村市场》等。

法治源于对人的不信任，对任何当权者的不信任；而民主则根植于一种信念，那就是选举终究会选出好的领导人，而不是相反。通过以上介绍可以了解，过去大家一直认为很"左"的某些人，在某些方面并不那么"左"；大家认为很"右"的学者，也没有那么"右"。这个二元分法显然太不恰当了。

书中还提出了几个重要观点，比如"黄河式资本主义"。作者认为中国在寻找一种与西方不同的资本主义发展模式，其中既有市场竞争，同时又有一个强有力的政府提供多种公共保障和社会福利，包括教育、医疗等。

马克·里欧纳德还提出一个"围城世界"的观点。他说过去以美国为首的西方国家，喜欢搞国际组织和全球化，而那些多边协定及种种区域性联盟，通常会削弱成员国的国家主权。中国则恰恰相反，中国通过参加多边协定确保大家把生意做好就行了，并不干涉别国内政，同时也捍卫自己的主权。

这就与美国的做法完全相反，美国一向认为像世界银行这类组织只会削弱每个国家的主权，而中国却通过参加国际组织来捍卫自己的主权。中国另一个外交观点是不搞"人权外交"，比如津巴布韦的总统夫人在香港公开打记者，我们就拿她没办法[1]。有些国家的人权纪录不好，但我们仍然尊重他们的国家主权。

同样，中国在民主改革上也有自己的一套"商议性民主"。重庆现在就在搞越来越多的公听会，浙江温岭也搞了近十年的民主恳谈，他们从镇上随机选一些老百姓做民意代表，再以一些专家的意见做指导，最后作出政策决策。对此类中国式的民主政治，马克·里欧纳德有一个比喻：厨师你没办法选，也没办法换，但是你要什么菜，随便你点。

（主讲　梁文道）

[1]　2009年1月17日，津巴布韦第一夫人格蕾斯·穆加贝因不想被拍照，在保镖的协助下袭击了一名英国摄影记者，致使对方脸上留下多处明显伤痕。香港律政司就此事声明，津巴布韦第一夫人享有外交豁免权，可获豁免起诉。

《中国不高兴》

文艺腔误国

宋晓军，军事评论员，《舰船知识》编辑。

王小东，学者，中国青少年研究中心研究员。

黄纪苏，社会学家、剧作家。

宋强，作家，纪录片撰稿。

刘仰，文化评论人，从事出版及电视媒体行业。

宋晓军　　王小东　　黄纪苏　　宋强　　刘仰

究竟到什么时候，我们才能摆脱这种二元对立的看待事物的方式？

　　《中国不高兴》的走红惹来了各种争论，很多人声称自己是不会看这本书的，尽管没看，却还是先把它骂一通。坦白讲，我觉得这种态度并不公平。我读完这本书之后，觉得它并不像很多人说的那样，在鼓吹一种变态的民族主义，当然也不像另外一些人所认为的，它说出了中国人的心声。

　　此书副标题为"大时代、大目标及我们的内忧外患"，我觉得这个副标题要比"中国不高兴"好，"中国不高兴"可能更引人瞩目，能起到扩大销售的效果，但听起来多少有点"撒娇"嫌疑。

　　几位作者都挺有名，像宋晓军常常在凤凰卫视做节目，王小东、黄纪苏、宋强、刘仰也都算文化名人。他们在一起讨论，且常常跑题。因此整本书的情绪和语言虽然还比较一致，读起来却难免有杂乱之感，让人摸不着重点。

书中有关于"文艺腔误国"的讨论，当下中国流行文艺腔，宋晓军认为文艺腔缺乏尚武精神，人们空谈软实力，却不愿关注在他看来最重要的军事国防；而王小东则把"文艺腔"当成一种有问题的思维方式。

黄纪苏有一篇谈学术腐败的文章，叫《这个时代的学术腐朽》，但其实文中有三分之二篇幅都在骂今天的学术界什么东西都是从西方传过来的。前阵子中国政法大学有个老师被学生当堂砍死，他连这件事都能跟西方扯上关系，说这个男老师平常就喜欢标榜自己留洋回来，法文说得比中文还好——可是这跟学术腐败又有什么关系呢？多少有些跑题吧。

宋强先生的一篇文章是骂汉奸的，他说今天有很多中国知识分子都像汉奸，比如主张跟日本和解的马立诚[1]。文中还提到了周孝正[2]，前阵子以色列攻打哈马斯的时候，周孝正出来说，以色列是个好国家，去打哈马斯是干了一件好事。在基本立场上我是赞成宋强先生的，以色列分明是在欺负巴勒斯坦人，怎

---

[1] 马立诚（1946—　），人民日报评论部编辑、政论家，著有《日本不必向中国谢罪》《中日战争的思考与启示》等。

[2] 周孝正（1947—　）中国人民大学法律社会学研究所所长，主要进行人口、环境、资源和可持续发展研究。著有《应用社会学》《人口危机》，曾发表《以色列绝对是个好国家》《以色列为什么值得尊敬》等文章。

么能说是个好国家呢？但是文中骂周孝正是个汉奸，一个帮以色列说话的人怎么也成了汉奸呢？这中间的逻辑着实怪异。

在全球环境污染和能源问题上，因为中国已经是世界上最大的碳排放国，很多国家都要求中国负起更大的责任。关于这一点，王小东认为，在今天这样的世界格局下，谁先省，谁先死。也就是说，谁想节约能源的话肯定先从地球上被淘汰掉，因为不发展就要落后，落后就要被淘汰。那么我们是否应该按照现在的模型发展下去呢？本书的另一位作者说，资本主义的生产方式、消费方式与价值观都病得不轻，中国应该有能力也有境界去发展健康和谐之道。可是在环保问题上究竟什么是和谐之道？最后也没得出结论。

很多人认为，《中国不高兴》鼓吹的是一种极端国家主义，觉得中国什么都好，现在西方要把他们的模式强加给我们，我们就"不高兴"了。这种说法其实是受了书名的误导，过去我们总是喜欢用二元对立的方式看问题，好像凡是国家主义、民族主义、新左派，就都是反对民主的，凡是喜欢民主的人就都崇洋媚外。老实说，这类说法不大能站得住脚。

黄纪苏就对中国政治现实提出批判，他认为民主改革是必要的。因为对普通老百姓来说，民主自由关系到他们的切身利益。官员们胡作非为，却可以不受法律制约，有巨大的权力保护伞为他们的撒野犯浑保驾护航。有人说中国情况特殊，民主不能急，还有人说天下压根儿没有民主这回事，甚至有人认为我们现在已经挺民主了。对这三种观点，黄纪苏反驳说，虽然三种说法各有道理，但三只蛐蛐放在一个罐子里，最后只能掐得一个不剩。对社会主义来说，平等是题中应有之义，民主也是平等的题中之义。

很多人认为王小东是民族主义和新左派的代表，在这本书中他却说，一些左派和民族主义者，一方面对现实进行激烈批评，另一方面却又反对别人提出对权力进行制衡的政治体制改革。显然他是不赞成这种做法的。

书中弥漫着强烈的国家主义情绪，认为一个国家要强大必须有牢固的军事力量做后盾，支撑这种观点的是一种新型的民族主义主张。学者萧功秦[1]是王小东的好友，但他批评这种观点。他认为过去中国的民族主义是"反应型的民族主义"，日本欧洲列强来欺负我们了，我们要报仇血恨，要捍卫自己，这才产生出民族主义。但是现在的"民族主义"却是没有外敌的，没有人要欺负我们，可是我们还必须为自己制造一个假想敌，这样才能保持战斗意志。

---

[1] 萧功秦（1946—　），上海师范大学历史系教授、上海交通大学政治系教授。著有《与政治浪漫主义告别》《知识分子与观念人》等。

宋晓军先生提到他在福建前线看到解放军的士气很高，很欣赏他们的斗志，说只有打仗人们才会重视军人的社会地位。老是没仗打，人心散了，人才也会慢慢流失。这话是什么意思？难道作者希望尽快发生一场战争？宋晓军先生确实认为战争是不能被忽略的因素。王小东也说，秦国很了不起，因为他们能将战斗意志连续保持几百年，最后才统一了中国。但是统一之后，他们的战斗意志衰退了，也很快就完了。以前看贾谊写的《过秦论》，说秦之所以灭亡是因为他的刑法太过严酷，但在王小东看来，好像觉得秦还不够军事化，如果能一直用严刑峻法保持战斗意志，说不定就没事了。

王小东先生还引用美国著名生物学家爱德华·威尔逊[1]在《社会生物学》一书中的观点，认为一个物种如果没有外界环境的压力绝对会退化。比如很多穴居动物的眼睛都是瞎的，而它们的祖先以前生活在地面上是看得见的，就因为到了地底，视力才会退化。王小东认为人类社会也是如此。这样，一种通俗版的社会达尔文主义就出现了，认为中国一定要不断自强，否则就会落后挨打，会被淘汰。可是现在没有人想打我们怎么办？我们就要用一个假想敌来培养自己的战斗意

---

[1] 爱德华·威尔逊（Edward O.Wilson, 1929—　），美国生物学家、博物学家，社会生物学奠基人。两度获普利策奖，著有《论人性》《蚂蚁》等。

志——这种想法难道不是可怕的军事主义吗？

其实社会达尔文主义本身就是西方思想，当我们口口声声说要捍卫自身利益，拒绝外来思想侵害的时候，我们的很多主张早已不自觉地落入了西方文化的窠臼，成为外来思想的本土演绎。那么，我们究竟应该以何种态度对待西方呢？说到这里，必须关注一下这本书里最为人所诟病的对"逆向种族主义"的指责。"种族主义"以种族界分人群，捧高自己，歧视别人。奇怪的是，中国人却觉得什么都是西方的好，我们自己的制度、传统、历史、文化等任何层面的东西都是腐朽的，甚至在人种上就很糟糕。王小东将这些想法称为"逆向种族主义"。

宋强则强调了"愤懑主义"，在他看来，"愤懑主义"的代表人物是余世存[1]，因为他将中国人比作田里的蚜虫和垃圾堆上的苍蝇，认为"弱者、愚笨者的繁殖都是最快的"，中国在近代以来已经"沦为畜群，沦为病夫弱民"。作者将这些话视为一个邪恶的愤懑主义者对中国民族品质和民族现实的最终诊断，认为这种丑恶的描述其实并不能帮我们改掉毛病，只会让更多中国人觉得自己是下贱的一群。其实我也很讨厌这种腔调，像柏杨在《丑陋的中国人》里面，一谈中国问题就上升到深远

---

[1] 余世存（1969— ），自由撰稿人，毕业于北京大学中文系，著有《重建生活》《非常道》《类人孩》《老子传》等。

的文化历史传统层面，让人觉得好像中国真的已经没救了。

宋强还举了个有趣的例子，网上流传一个故事，说有几个歹徒劫持了一辆大巴，还把漂亮的女司机抛下车强暴。女司机呼救，众乘客哑然，唯有一个瘦弱书生奋起阻拦，结果被歹徒殴打晕厥。歹徒得逞后，女司机重又回到车上，喝令瘦弱书生："下去，我不载你了。"书生愕然，然而终于被幸灾乐祸的乘客逐下车。大巴开动后，直接冲到一个悬崖上摔下去，全车乘客无一幸免。

这个故事当然是虚构的。宋强说，故事凸显的是心理镜像的疯狂，有多少人能体悟到它的恐怖意味呢？从这个故事中，我们可以看到中国人的冷漠无情可怕到什么地步。同样，过去大家很喜欢杜撰一些外国人侮辱中国人的故事，以激起大家的民族仇恨，这其实也是一种自虐的心理镜像。究竟到什么时候，我们才能摆脱这种二元对立的看待事物的方式？

（主讲　梁文道）

《中国意识的危机》

林毓生（1934— ），美国威斯康星大学历史系教授、台湾中央研究院院士。著有《中国意识的危机》《中国传统的创造性转化》《政治秩序与多元社会》等。

"全盘西化"恰恰是只有中国人才想得出来的主张。

　　如果对中国一百多年来的思想流变有一点了解，就会知道，"全盘西化"作为一种激烈的反传统主张，过去是大受知识分子欢迎的。直到今天还有很多人认为中国文化有根本缺陷，必须彻底向西方学习才能够拯救自己。《中国意识的危机》的作者林毓生教授却认为，这个想法本身就是一种中国式思维，"全盘西化"恰恰是只有中国人才想得出来的主张。

　　林毓生教授是大经济学家、思想家哈耶克[1]的弟子，也是中国思想史领域的著名学者。《中国意识的危机》出版于二十

---

[1]　弗里德利希·奥古斯特·冯·哈耶克(Friedrich August Von Hayek, 1899—1992)，英国经济学家和政治哲学家，英国科学院院士。以坚持自由市场资本主义、反对社会主义、凯恩斯主义和集体主义而著称，著有《纯资本论》《自由的宪章》等。1974年获诺贝尔经济学奖。

世纪六七十年代，是这个领域的经典著述。林教授关于"五四"和新文化运动的解读，被视为新文化运动的经典诠释。而他主要检讨了"全盘西化"作为一种激烈的反传统主义与中国文化的关系。

我们都知道中国发起过"文化大革命"，但是如果你仔细读一读马列主义原典，会发现其实"文革"的缘起在经典马克思主义中是找不到对应来源的。作者说，毛泽东特别强调人性改造的重要性，而根据马克思主义的理论，主观因素最终是被客观的社会与经济现实所制约的。而毛泽东始终把进行革命和创造历史的决定性作用归之于人的意识，这种想法多少与"五四"时期的全盘西化和反传统运动有关。

"五四"时期，很多知识分子都极力反传统，把一个国家从政治到文化的所有成分当成一个统一体，要么全盘接受，要么全盘否定。作者将这种思想归咎于秦朝以来中华民族钦定的儒家教育精心提出的有机宇宙论。

几千年来，中国在儒家思想的影响下形成了一种正统世界观，认为王朝帝制的合法性与宇宙天道，乃至日常生活的文化习俗都是彼此相关的有机整体，是一个整合性的结构。后来很多知识分子基本上延续了这个传统思路，认为改变的第一个层次是世界观，第二个层次是价值、信仰系统，最后才是政治经济层面的改变。

这种借由思想文化解决现实问题的想法在"五四"时期就开始流行，作者认为这是中国传统文化中根深蒂固的一元论模式的影响。比如陈独秀、胡适和鲁迅，这三个人的观念、立场差别很大，但在看待全盘西化或反传统的问题上却惊人的一致，表现出那个时代中国知识分子思维上的共同特征。相比较而言，鲁迅还要复杂些，能够注意到传统文化的一些特殊优势，但仍然主张要全盘西化。

也许有人会对此持否定意见，认为中国知识分子的想法没有这么简单。比如清末的自强运动，提倡学习洋人的船坚炮利和工业技术，"师夷长技以制夷"。但即便是这些自强论者，也仍然坚持中国的传统世界观，用一种有机论的方法把什么都联系起来看。

事实上直到今天，还有很多人用这样的方式思考问题，比如柏杨先生或香港的陶杰[1]，一个讲中国人的丑陋和劣根性，另一个讲中国文化的DNA，都有把中国几千年的复杂历史文

---

[1] 陶杰（1958— ），香港专栏作家及传媒工作者，有"香江第一才子"之称。出版有《香港这杯鸡尾酒》《有光的地方》《大偶像》等。在谈论中国文化时，喜以"小农社会"、"小农DNA"、"大唐人街"等词汇描述现代中国人生百态。

化简化为一个整体的思维态势，并且认为这个整体有着根本
的漏洞和错误，只要彻底改变它，我们整个国家民族的面貌
就会焕然一新。这种把事情简单化的想法难道不是传统一元
论思维的延续吗？

（主讲　梁文道）

也同欢乐也同愁

《找寻真实的蒋介石》

从日记看历史人物

　　杨天石（1936—　），江苏东台人，中国社会科学院近代史研究所研究员。著有《寻求历史的谜底——近代中国的政治与人物》《蒋氏秘档与蒋介石真相》《从帝制走向共和：辛亥前后史事发微》等。

正是对毛泽东的这种估量，决定了蒋介石日后的策略。

我小时候并不知道蒋介石是谁，虽然我在台湾长大。那时候我们只知道蒋中正，不知道原来他还叫蒋介石。上小学，他是我们口中的"先总统蒋公"，有人编了一首《先总统蒋公纪念歌》。

杨天石这本《找寻真实的蒋介石》出版以后广受好评。正如大家所说的，它还原了一个比较真实的蒋介石。杨教授过去几年一直在斯坦福大学胡佛研究所翻看保存在那里的蒋介石日记。蒋介石从 1915 年 28 岁时起，一直到 1972 年 8 月离世前三年，一直都保持着写日记的习惯，最后三年他的手因病萎缩无法再写。日记因为战乱丢失过一部分，但大部分都保存下来了。这些日记都是他的手稿，并没有经过复制，而杨天石教授是第一批接触到这些档案的研究者。

日记流露了蒋介石的真实情感，里面甚至还有很多骂人的话。所以杨教授认为这个日记有很大的可信度。作为中国近现代史研究专家，杨教授很懂得如何运用大量材料与这些日记进行对照，将它还原到历史脉络中去解读，并不直接依据日记作出判断。

书中关注了很多日常细节，比如日记里出现过一个蒋介石早年在上海认识的青楼妓女，两人一度有过许多亲密往来，但后来蒋跟她断绝了关系，因为他当时认识到"好色为自污自贱之端，戒之慎之"。但第二天在旅馆中又"见色心淫，狂态复萌，不能压制"，他也真实地记下来，并决定以后"见色起意要记过一次"，可见还是一个能严于律己的人。

他还严格要求自己要戒贪，大概以前也动用过公款，他自责说，这么做"心志渐趋安逸，将何以模范部下，而对已死诸同志也"。每当有不好的欲望出现时，他就这样自省一番。蒋介石以曾文正公为偶像，曾国藩天天写日记，他也天天写日记；曾国藩喜欢讲修身，他也按照儒家那套讲修身。

关于他的功过是非，过去大家争议的焦点是他对待抗战到底是积极的还是消极的，杨天石在《蒋介石与1937年的淞沪、南京之战》中也提到了这个问题。

淞沪战役之前，很多人都建议求和，比如胡适就主张干脆放弃东三省承认"满洲国",以换取东亚的长期和平,因为"国家今日之雏形,实建筑在新式中央军力之上,不可以轻易毁坏,将来国家解体,更无和平希望"。说白了就是认为中国根本打不过日本,所以应该先求和,然后争取时间好好发展壮大,日后再决一死战。

蒋介石却在日记中说,"此为存亡关头,万不可使失守也"。当然事实上蒋介石也一直没有放弃和谈的机会,抗战期间,双方一方面打得很激烈,另一方面也一直有密使往来接触,最起码在太平洋战争之前,双方就以香港为中介点,不断地派密使往来。

蒋介石在日记中说,最大的成功当然是完全收复失地,最低限度也要收复"七七事变"之后被占领的土地。但太平洋战争爆发之后,整个国际局势有变,他就决心要一直打下去了。可见,评价一个历史人物的抗战意志要结合整个现实环境,不能凭空来看。

台湾人都有一个印象,觉得蒋公最讨厌苏联,后来才知道其实他早年跟苏联相当友好。熟悉现代史的人都知道,国共两党在根源上很接近,国民党在草创之初和苏联有过很多密切合作。《孙逸仙博士代表团团长的苏联之行》讲的就是1923年蒋介石代表孙中山访问苏联的经过。

  1923 年 9 月 2 日下午 1 点，蒋介石到达莫斯科车站，首先跟苏联外交人民委员会的东方部部长会谈了一小时。之后，他在日记中写道："相见时颇诚恳，皆以同志资格谈话。"这时候双方可谓好得如胶似漆。后来蒋介石在苏联军校对着红军士兵发表演讲，他的讲话不时被经久不息的掌声和高昂的国际歌打断。蒋介石情绪非常激动，最后与会者高喊着"乌拉"将他抬上车，他非常高兴。事后他在日记中说，红军"军纪虽不及日本军队，然其上下亲爱，出于自然，毫无专制气象"。

  后来为什么又跟苏联闹翻了呢？其实在日记中也能看出迹象。蒋介石到苏联之后积极学习俄语，还认真读了马克思的著作，读得津津有味。但他此行最重要的目的是提出与苏联合作，希望在当时被苏联纳入势力范围的外蒙古建立军事基地，以便将来北伐作战的时候，能够有北方军队支援。但苏方拒绝了这个要求，认为国民党应该先搞好政治工作，不要急于在军事上有所行动。

  在蒋介石看来，虽然苏联是共产革命的胜利果实，却未脱帝国主义心态，想把外蒙古长期笼罩在它的势力范围之内。他在日记中写道："无论为了个人、为了国家，求人不如求己，无论亲友、盟人之间如何亲密，总不能外乎其本身利害，而本身之基业，无论大小成败，皆不能轻视。如欲成功，非由本身做起不可。"正是这种民族主义情感，使他后来对苏联越来越疏远。

很多人读此书更关注的是"重庆谈判"，那是中国历史上扭转乾坤的重要关头。当年双方谈判得出的总纲是一个关于和平建国的基本方针，决议要在"蒋主席领导下长期合作，坚决避免内战，建设独立、自由、富强的新中国，彻底实现三民主义"。

双方谈到这一步，应该说是不容易的。毛泽东离开重庆回延安之前，蒋介石还说："国共非彻底合作不可。"但他在自己的花园里转了一周之后，又觉得"共党不可与群也"。日记中他写道："共毛态度鬼怪，阴阳叵测，硬软不定，绵里藏针。"正是对毛的这种估量，决定了蒋介石日后的策略。

书中还分析了"软禁胡汉民"事件，胡汉民[1]是国民党的元老，地位比蒋还高。在蒋介石掌握军政大权之后，身为立法院院长的胡汉民与他经常有冲突。1931年的一天，蒋介石

---

[1] 胡汉民（1879—1936），广东番禺客家人，中国国民党元老，前期右派代表人物。21岁中举人，1902年赴日留学，1905年加入同盟会，成为孙中山主要助手之一。辛亥革命后，任广东都督、南京临时政府秘书长。1924年国民党一大召开时，胡为五人大会主席团之一。1927年，宁汉分裂，胡支持蒋介石，主持南京工作，参与反共清党，后任立法院院长等职。1931年2月，因约法之争，被蒋介石软禁，10月获释。后至广州，成为南方实力派反蒋精神领袖。晚年标榜抗日、剿共、反蒋三大政治主张。1936年因脑溢血病逝。

以宴客为名把胡汉民请到自己家中，谁知道突然就把立法院院长给软禁起来，迫他辞职，而且当时国民党内没有人敢吭声，没人敢反对。经过这个事件之后，国民党就彻底变成了蒋介石集党、政、军大权于一身的个人独裁。

（主讲　梁文道）

《近代中国留学生之父——容闳》

打造现代中国

刘中国（1961—　），河南信阳人，毕业于中山大学中文系，现任深圳市特区文化研究中心副主任。著有《明清两朝深圳档案文献演绎》等。

黄晓东（1963—　），广东惠来人，现任珠海市宣传部长，暨南大学珠海学院兼职教授。

容闳在各个领域取得的成就，被认识得还太少。

　　容闳是一位一向被远远低估了的人物。说起清末曾经产生过重大影响、开风气之先的人，我们可能首先会想到孙中山、康有为、梁启超等。其实容闳与他们相比，毫不逊色。中国近代历史正如毛泽东所言，是中国人向西方寻求真理的过程。从某种程度上说，容闳是第一个把现代思想传播到中国的人，他才是中国的现代化之父。

　　容闳 1828 年生于广东香山，香山比邻澳门，澳门从 16 世纪被葡萄牙人占领，成为中国沿海一块资本主义文明的飞地，自然对香山产生潜移默化的影响。容闳的父亲是个普通农民，他把 7 岁的儿子送到澳门读书，希望他学点外文，将来做个买办，过上比农民更好的生活。所以容闳在鸦片战争还没爆发的时候，就开始接受中英双语教育，后来又到美国留学。

清朝时候去美国读书是非常困难的，那些困难常人根本无法想象。容闳去考耶鲁大学那年才 18 岁，进耶鲁大学第一要考数学，他根本没学过数学；第二要考古希腊语，他也没学过古希腊语，虽然他的英文还不错。但是通过 10 个月的学习，这些考试他都通过了，成为耶鲁大学第一个中国留学生。

容闳后来认识了孙中山，两人一见面就聊得非常投机，对如何改造中国有很多共识。容闳为中国制定了一个从封建专制帝国转变为现代民主共和国的蓝图——"中国红龙计划"[1]，而容闳与孙中山的不同之处在于，孙中山是一个全职革命家，容闳最重要的影响是在教育领域。

容闳组织了中国第一批留美幼童，这批幼童后来全部成为清末民初政治、工程、医学、教育各界的精英。"中华民国"第一任内阁总理唐绍仪、清华大学第一任校长唐国安，都是容闳从第一代留美学生中培养出来的。

容闳还是一个外交家，他曾被清王朝委任为驻美国副公

---

[1] 1898年"戊戌变法"后，容闳遭清廷通缉，逃离北京，此时他对清王朝已彻底失望，开始放弃温和革新的救国方式，投身于筹划武装起义的活动。在上海召开的国会议会上，他被公举为会长，并亲笔起草英文《对外宣言》8条。广州起义前，兴中会拟推容闳任临时政府总理，但广州起义因不密而失败，使容闳不得不长期留居美国。1908年，容闳提出了一项"中国红龙计划（Red Dragon-China）"，意在美国募款支援孙中山发动武装起义。

使，当时他为了中国劳工问题亲自去秘鲁做调查，并代表大清王朝与秘鲁政府谈判，制止了虐待华工的不人道行为。同时，容闳还是一个企业家，他对创办中国的现代化企业也有很大贡献。

而在这重重身份之外，容闳首先是一个爱国者，虽然他后来加入了美国籍，与美国很多名人都有来往，但他最关心的还是自己的故土。容闳看到当时的美国虽然离成为超级大国还很远，但它的未来显然比大清王朝光明得多，他希望中国也能走上一条现代化的道路。

当曾国藩还在与太平天国作战的时候，容闳就敏锐地注意到，太平天国为什么能吸引那么多南方农民？他到过天京，见到洪仁玕，提出了一整套改革方案，试图通过太平天国改变中国，可惜太平天国的领袖们根本不懂得什么是现代化。反倒是曾国藩更重视容闳的思想，委他以重任。

不管怎么说，容闳在各个领域取得的成就，被人们认识得还太少。如今这样一个现代化的中国正是容闳当年日夜梦想的，此刻再回过头去看看先驱们所作的努力，对我们应该有很大启发。

（主讲　何亮亮）

《陈寅恪与傅斯年》

知识分子的风骨

岳南（1962—　），山东诸城人。曾就读于北京大学法律系、解放军艺术学院文学系。擅长考古纪实文学创作，著有《风雪定陵》《西汉亡魂》《盗墓史》等。

研究民国时期知识分子的生存状况，这其中隐含着对今日知识分子现状的
不满。

十几年前，知识界涌起了民国热，开始研究民国时期知
识分子的生存状况，这其中隐含着对今日知识分子现状的不
满。《陈寅恪与傅斯年》的广告语说"大师之后再无大师"，
其实是盼着能再有这样的大师。

将陈寅恪和傅斯年两位史学大师放在一起，当然首先是
因为他们在学术上的成就。陈寅恪性格内向，一生为学问而
学问；傅斯年则脾气火暴，也颇有事功。他后来成立中央研
究院史语所[1]，成为中国现代史学一个重要阵地。同时，他们
两人也是好朋友，还有姻亲关系。傅斯年再婚，娶的是俞大

[1] 中央研究院历史语言研究所，1928年成立于广州，傅斯年任所长，该所集中了
一批著名学者，如陈寅恪、赵元任、罗常培、董作宾等。史语所一方面继承了乾嘉学
派的治学精神，一方面汲取了西方史学的研究方法，在历史、语言等许多领域都卓有
建树。抗日战争爆发后辗转迁移于长沙、昆明、四川、南京等地，1949年迁往台湾。

维的胞妹俞大綵，而俞大维的妻子，正是陈寅恪的胞妹陈新午。大陆读者也许对傅斯年比较陌生，因为他后来长居台湾，基本上与大陆隔绝了。实际上，傅斯年当年也是北大的风云人物，"五四运动"爆发后，北大学生游行的总指挥就是他。

读了这本书，我们才知道，为什么那个时代的中国知识分子很厉害。比如傅斯年，他在伦敦大学读实验心理学，同时还选修了化学、物理、数学、医学等课程。后来他转到柏林读书，与陈寅恪同学。有一天晚上毛子水、罗家伦他们一起吃饭，大家翻傅斯年的书包，居然翻出一本三卷册的地质学专业书。而傅斯年当时在德国学史料学和实证史学，也就是说，他从自然科学学起，经由心理学和地质学，最后才落脚于史学。俞大维也是这样，先搞文史，后来又去研究军工和弹道技术，最后在台湾做了"国防部长"。

傅斯年后来去了台湾，做了台湾大学校长，到现在台大校园里还有一口"傅钟"[1]，每年12月20日他去世那天就会敲响。傅斯年其实只在台大当了一年校长，影响却很大。他一来就炒掉七十多个他认为不合格的教授，要求非常严格。当时台湾到处抓共产党，傅斯年虽然反共，但如果有人不分青

----

[1] "傅钟"永远只敲21下，因为傅斯年有句名言："一天只有二十一小时，剩下三小时是用来沉思的。"

红皂白到学校里抓人，他是要骂的；甚至还在报纸上写文章公开声明，说台大绝不兼办警察任务，也不兼办特工，当局若有真凭实据说某人是共产党，可以依法查办，但绝不能含糊其辞，血口喷人。可见，他一直都是"五四"时候的那个傅斯年，从未放弃捍卫学术的自由与独立。

有一次他在会场上与人争辩，认为奖学金制度不应该废止，对刻苦努力肯用功的学生，应该想办法替他们解决困难，让他们有一个安定的环境，用心勤学。说完这话之后，他因为情绪太激动，宿疾发作，送去医院没多久就去世了。后来台大的学生还为此上街游行，要求把与校长争辩的那个人揪出来惩办。可见在很多同事和学生心中，虽然都觉得他脾气暴躁、行事霸道，但到底没有辱没那一代知识分子的风骨。

《陈寅恪与傅斯年》的书写方式相当感性，故事生动有趣。比如傅斯年曾经写过一封信给罗家伦，中间提到这么一句话："说点笑话吧，老陈回去坐二等舱，带着俞大维那个生龙活虎一般的儿子，这个孩子就是俞大维[1]与一个德国女音乐教师生

---

[1] 俞大维（1897—1993），浙江绍兴人，就读于美国哈佛大学、德国柏林大学。归国后任兵工署署长、交通部长。1950 年任台湾"国防部长"。留德期间，爱上了美丽的钢琴老师，但因女方父母反对不能成婚。俞扬和出生后，陈寅恪建议由他带回国交给家人抚养（陈寅恪的母亲是俞大维的嫡亲姑母俞明诗），后来帮忙抚养俞扬和的陈寅恪之妹陈新午便顺理成章地与俞大维结为连理。

下的私生子扬和[1]。"

书里还说到当年徐志摩也在柏林，那时他正追求心中圣女林徽因，不惜与结发妻子张幼仪离婚，张幼仪寻死觅活不愿离开。那些好事的留德学生就在一旁纷纷献计，拉着徐志摩到中国饭馆要他请客。有一个绰号"鬼谷子"的留学生居然出了个主意，让徐志摩把张幼仪像捐麻袋一样捐出来，移交给当时还没有结婚的金岳霖，大家都齐声喝彩。没想到金岳霖也在这家餐馆吃饭，隔着一层薄薄的木板，突然听到有人用中国话喊自己的名字，就探头出来看，结果把大家吓得面无血色。

关于这两位史学大师，学术界也有很多学理研究，比如我最近看的一本《真理与历史》。两本书如能结合在一起看，相信大家会更有收益。

（主讲　梁文道）

---

[1] 俞扬和（1923— ），又名俞启德，以纪念他的德国母亲。早年在美国接受飞行训练，回国后加入中美联合飞行大队，参加空战三十多次，后受伤退役，移居美国。1960年，在美国旧金山与蒋经国之女蒋孝章结婚。

《也同欢乐也同愁》

陈寅恪家族和台湾的渊源

陈寅恪的三个女儿：陈流求、陈小彭、陈美延

因为是孩童记忆，读来还是让人有些安慰，觉得陈先生这一生到底还是有过欢乐和温暖的。

《也同欢乐也同愁》是陈寅恪的三个孩子陈流求、陈小彭、陈美延一起写的，书的副标题是"忆父亲陈寅恪母亲唐筼"。这本书从子女的角度回忆了当年与父母一起生活的种种经历。全书都用繁体字印刷。

陈寅恪先生是著名的史学大师，学问了得，但他一生的遭遇却相当坎坷。刚刚学成回国，正该大展抱负的时候，却遭逢乱世，四处逃亡；稍微安定下来后，视力又不好，终至双目失明。本来他被牛津、剑桥邀请去做教授，因为战乱的原因也没去成，最后留在大陆，晚景很凄凉。

"文革"期间他遭受非人折磨，不仅断了医药治疗，每天还用高音喇叭在他耳边轰炸，不许他再制造"毒草"。陈寅恪写完一部《柳如是别传》后就离世了，四十多天后夫人唐筼也跟着走了。后来陈先生的表弟俞大维[1]在台湾发表演讲，提到这些事，泣不成声。

《也同欢乐也同愁》中也不乏这类伤感情节，但因为是孩童记忆，读来还是让人有些安慰，觉得陈先生这一生到底还是有过欢乐和温暖的。比如书中提到1926年1月，陈先生结束了长达数十年的留学生涯，从德国柏林起程回国。当时他带着俞大维的三岁小儿，这孩子身体强健，精力旺盛，上蹿下跳，一刻不停，对毫无育儿经验的陈先生来说，无疑是大挑战。船过苏伊士运河到红海，不分四季的炎热气候令幼童长满痱子，头发根处特别多，陈先生不得不将他剃成光头，方便清洗。

小娃不肯按顿吃饭，随时闹着要吃东西，如何解决？趁船过热带地区，陈先生整株地买下香蕉，利于保鲜，放在舱内，随时摘下一支给他充饥，有点像养猴子的感觉。男孩顽皮淘气，不时出现危险动作，比如想把手指头伸进转动的电风扇，陈先生只得加紧防范，一刻不敢懈怠。好不容易平安

---

[1] 俞大维与陈寅恪在美国和德国连续同学七年，陈的父亲陈三立、祖父陈宝箴与俞大维的父辈、祖辈相交也很深；陈寅恪的母亲是俞大维的姑母，他的妹妹最后嫁给了俞大维。因此二人是两代姻亲、三代世交、七年同学。

地把这个活蹦乱跳的孩子带回中国，他已筋疲力尽，直到把小孩交到俞家人手中，才如释重负。

我读了此书，才知道原来陈家和台湾有着如此深厚的渊源。以前只知道，陈先生的祖父陈宝箴[1]、父亲陈三立[2]等几代人，常为《马关条约》割让台湾、澎湖给日本而深感愤懑，痛惜不已。没想到陈夫人唐篔的家世也与台湾颇有渊源。

说起陈先生与夫人的相识，也是一段佳话。1928年初春的一天，陈寅恪与朋友闲聊，听他说起在一个女教师家里看到横幅，署名"南注生"[3]。朋友问，知不知道"南注生"是谁？陈寅恪惊讶道："此人必灌阳唐景崧之孙女也。"

唐景崧是清朝最后一任台湾巡抚，台湾被割让给日本的时候，他宣布台湾独立，成立共和国坚决抵抗日本。后来陈

---

[1] 陈宝箴（1831—1900），字相真，号右铭，江西省义宁（今修水）县人。早年参加湘军，文才、韬略深为曾国藩所赏识。1895年任湖南巡抚，大力推行新政，使湖南成为全国最有生气的省份。戊戌政变后，被慈禧太后以"滥保匪人"罪"着即行革职，永不叙用"。1900年猝然去世，终年69岁。

[2] 陈三立（1853—1937），字伯严，号散原，陈宝箴长子，与谭嗣同、徐仁铸、陶菊存并称"维新四公子"，清末同光体诗派代表人物。甲午战争后，李鸿章赴日签订《马关条约》，他闻讯激愤异常，曾电张之洞，"吁请诛合肥（李鸿章为安徽合肥人），以谢天下"。1937年，北平、天津相继陷落，绝食忧愤而死，享年85岁。

[3] 即唐景崧，自号"南注生"，广西灌阳人，同治进士，清廷最后一任台湾巡抚。1895年清朝割弃台湾，台湾军民成立民主国，推举唐为大总统领抗日。日军登陆台北后，唐回到桂林闲居，不再出仕。陈寅恪读过唐景崧的《请缨日记》，且嫡亲舅父俞明震曾在台辅佐唐景崧独立，故对唐景崧的著作、事迹有较多了解。

先生和唐筼结为夫妇，生下的第一个孩子叫陈流求，琉球是台湾古称；第二个女儿叫陈小彭，"彭"就是台湾的澎湖岛。

在很多人心中，陈先生可能就是一个埋首书斋、不问世事的学者，其实他非常关心时事，也很爱读报纸聊时局，常常在路上遇到朋友，聊着聊着就忘了回家吃饭。1942年8月末，他又要带领全家再次逃难。他根据战场形势作出判断，中途岛战役日军惨败，往东南亚的海上补给线已被美军切断，日军为了打通东南亚陆上交通，不久定会进攻湘贵，因此大家必须尽快离开桂林到成都去。这些判断后来证明都是正确的。但是最后在去留大陆的问题上，他与一生最要好的亲友俞大维作出了完全相反的选择。

这本书封面上的照片是1896年陈寅恪跟家里的兄弟姐妹在长沙的合影，右边第一个孩子就是陈寅恪，那时候他才四岁，生平第一次拍照，手里握了一枝桃花。他说怕小孩子们长得差不多，以后分不清哪一个是自己，所以握了一枝桃花来做记认，提醒自己将来老了的时候，记得手握桃花的那个就是我。

（主讲　梁文道）

《四喜忧国》

历史与未来

张大春，1957 年生于台湾，祖籍山东，小说家。好故事、会说书、善书法、爱赋诗。曾任教于台湾辅仁大学、文化大学，现任电台主持人。著有《城邦暴力团》《聆听父亲》《认得几个字》等多部作品。

张大春对历史的态度，一边极尽讪笑，一边又饱含着无限悲悯。

张大春是台湾有名的小说家，我觉得他好像华语世界里武器最齐备的一位侠客，想象一下武侠电影里那种决斗场面，大侠随身带着一个布包，"啪"一下摔在墙上，布包钉在那里，像卷轴一样放下来，里面足有几十种刀剑武器，随便哪种都可以克敌制胜——这，就是张大春。

他的小说写法之丰富、技巧之繁杂，我还没有在华文小说家里见过第二个。尤其他年轻的时候，总是试图颠覆主流意识形态，挑战文字规范，像是大闹天宫的孙悟空。难怪有人说他像顽童，每篇小说都可以展现出截然不同的风格。

《四喜忧国》是一本短篇小说集，20 世纪 80 年代在台湾出版时轰动异常。很多人把第一篇《将军碑》与白先勇的《国葬》相比较。白先生是将门之后，一代名将白崇禧的公子，《国葬》这篇小说中可以找到一个老将军最后的苍凉回忆，写得非常伤感。

但是同样的题材在张大春的《将军碑》里，却被完全颠覆了。对上一代的国民党将军，他既不歌颂，也不惋惜，而是用一种挖苦和嘲讽的语气。比如他笔下的那位老将军，其实早就该死了，已经处于一种奇异状态，能够穿越时空周游于过去未来，既能看到自己死后的情形，看到自己的坟墓和墓碑，又能回到过去看见自己当年在战场作战的景象。

将军已无视时间的存在了，他常常在半夜起床，走上阳台，向满院阴暗招摇的花木挥手微笑。如果清晨没有起雾或落雨，他总是穿戴整齐，从淡泊园南门沿小路上山，看看多年以后他的老部下们为他塑建的大理石纪念碑。到了黄昏时分，他就举起望远镜扫视太平山，推断哪里有日本鬼子的据点。

这些一直都是将军的秘密，在他活着的最后两年，人们始终无法了解他言行异常的原因，还以为他难耐退休后的冷清寂寞，经常沉湎于旧日的辉煌以至神志不清了，其实他只是在穿越时空。

小说中最有意思的是将军和儿子之间的冲突，他从小就希望儿子好好学武，学不成武学文也就罢了，但儿子却成了个教书匠，还偏偏要教社会学。作为一个国民党老将，他听见社会学就生气，因为这让他想起社会主义，想起共产党。他想带着儿子一起穿越时空回到当年的战场，但是儿子不肯跟他走。

儿子循着来时的脚印退下，语气十分恭敬，他说："爸，那都是过去的事了。"在将军看来，这种姿态好像在告诉他，不管你们过去有多么了不起，都已经是历史了。这也是张大春对历史的态度，一边极尽讪笑，一边又饱含着无限悲悯。

《四喜忧国》里收录的同名小说写的是一个老外省人朱四喜，他不识字，后来一个同乡教会了他看报识字，他就写了一个文告。为什么要写文告呢？他认为当年总统蒋公所写的文告是天下一等一的好文章，很了不起，现在他也要写一篇文告。这个文告里说，现在家园有难，形势险恶，可是我们的同胞们却只知道乱来，上酒家、跳舞、玩女人，实在太不像话了——你看，这算是什么文告呢？

（主讲　梁文道）

《郭沫若家事》

郭沫若的影子

蔡震（1950—　），北京人，中国社会科学院研究员，郭沫若纪念馆副馆长。著有《郭沫若与郁达夫比较论》《解读＜女神＞》《霜叶红于二月花——茅盾的女性世界》等。

中国历史向来是"枪杆子里出政权"。郭沫若手无缚鸡之力，就靠着一支笔，居然可以做到中华人民共和国政务院副总理。

书的名字有点像高级八卦，读完之后却发现不是这么回事。关于郭沫若的家庭和感情生活[1]，书中基本没提。像他的第一位太太张琼华，在家中苦等他一辈子，替他照顾老人，26年后郭沫若衣锦还乡，向这位元配妻子深深地鞠躬致歉，这些事情书中都没有。他的最后一任太太于立群在他去世一年后自杀，而她的姐姐于立忱当年也曾为了郭沫若堕胎自杀，这些戏剧化的故事书中都没有出现。

---

[1]· 郭沫若一生有过正式婚姻三次。元配夫人张琼华（1890—1980），1912年结婚，但未离异，在郭家空守68年，无子女。第二位夫人安娜（原名佐滕富子，1893—1994），日本女子，1916年恋爱同居，五个子女。再就是于立群（1916—1976），被称为"抗战夫人"，1938年初与郭同居，共生四男二女，1979年3月缢死于北京故居。

在中国近现代史上，郭沫若可以说是一位空前绝后的文人。中国历史向来是"枪杆子里出政权"。郭沫若手无缚鸡之力，就靠着一支笔，居然可以做到中华人民共和国政务院副总理，而他在社会科学上也有很高的造诣，是第一任中国科学院院长。

郭沫若首先是一位诗人，他的《女神》在中国文学史上开拓了一代诗风。他在很多领域都取得了成就，比如 1928—1930 年，他在日本做了两件事，第一是研究甲骨文，这种早已死亡的古文字很难懂，他却在短短一年多时间里就走上了甲骨文研究的巅峰 [1]，成为著名的"甲骨四堂" [2] 之一。别人是十年磨一剑，他却一年多就取得这样的成绩，实在了不起。第二，他同时还完成了《中国古代社会研究》，成为史学研究的巨匠。

那时候他穷得连白薯都买不起，他和日本太太安娜还有几个孩子整天挨冻受饿。在这么艰苦的条件下，他还每

---

[1] 1928年6月，郭沫若在日本东京书店找到了罗振玉所著《殷墟书契考释》，开始了他的甲骨文研究。1929年8月，他的《甲骨文字研究》正式完成，不久，另一部著作《卜辞通纂》也问世了。郭沫若从事甲骨研究虽然起步较晚，但是起点高，方法新，一出手就高屋建瓴地超过了前人。晚年他主编了大型甲骨文汇编《甲骨文合集》，收入 41956 片甲骨，被誉为新中国古籍整理的最大成就。

[2] "甲骨四堂"指中国近代四位甲骨文研究学者：郭沫若（字鼎堂）、董作宾（字彦堂）、罗振玉（号雪堂）和王国维（号观堂）。

天冒着寒风或烈日去东京图书馆借书。除了进行甲骨文和古代史的研究，他同时还写下了自传《我的幼年》，翻译了美国作家辛克莱的长篇小说《石炭王》《屠场》《煤油》以及德国米海里斯《美术考古发现史》，可见他是何等的勤奋和聪敏。

在文学、历史学和考古学的成就之外，他还做过北伐军的政治部副主任，参与了南昌起义，抗战期间任国民政府军事委员会政治部第三厅厅长。到了建国之后，他在文化界的地位之高更是无人能及。他和毛泽东唱和作诗，写了首"人妖颠倒是非淆，对敌慈悲对友刁"[1]，毛泽东马上和了一首"一从大地起风雷，便有精生白骨堆"[2]。在毛泽东发表的 37 首诗词里，还有一首专门"和郭沫若同志"的，就是那首《满江红》："小小寰球，有几个苍蝇碰壁"[3]。

---

[1] 郭沫若《看孙悟空三打白骨精》："人妖颠倒是非淆，对敌慈悲对友刁。咒念金箍闻万遍，精逃白骨累三遭。千刀当剐唐僧肉，一拔何亏大圣毛。教育及时堪赞赏，猪犹智慧胜愚曹。"

[2] 毛泽东《七律·和郭沫若同志》："一从大地起风雷，便有精生白骨堆。僧是愚氓犹可训，妖为鬼蜮必成灾。金猴奋起千钧棒，玉宇澄清万里埃。今日欢呼孙大圣，只缘妖雾又重来。"

[3] 毛泽东《满江红·和郭沫若》："小小寰球，有几个苍蝇碰壁。嗡嗡叫，几声凄历，几声抽泣。蚂蚁缘槐夸大国，蚍蜉撼树谈何易。正西风落叶下长安，飞鸣镝。多少事，从来急；天地转，光阴迫。一万年太久，只争朝夕。四海翻腾云水怒，五洲震荡风雷激。要扫除一切害人虫，全无敌。"

　　后来有很多对郭沫若的苛责，说他前半生轰轰烈烈，建国以后才气渐渐弱下去，在反右、四清及"文化大革命"期间，他一直都是夹着尾巴做人。

（主讲　马鼎盛）

《我和父亲季羡林》

晚辈的责任

　　季承（1935—　），中国科学院高能物理所高级工程师，曾任李政道先生主持的中国高等科学技术中心顾问。

在热热闹闹的学术追捧中，父亲的内心是冷的，是寂寞的。

季羡林[1]是大家公认的20世纪最后一位学术大师，但在这本书中，他的独子季承却开宗明义地说："我一直不认识你们所说的'国学大师季羡林'，我只知道，在热热闹闹的学术追捧中，父亲的内心是冷的，是寂寞的。"

季老学问之渊博就不用说了，他精通印度学、中亚古文学、梵典翻译学和佛学，是一位东方学巨擘。他的儿子季承显然并没有在学术上继承他。在这本书里面，他主要写了父亲的几个遗憾。

首先是夫妻生活的遗憾。季承在父亲的日记中发现，父

---

[1] 季羡林（1911—2009），语言学家、文学家、教育家，精通梵文、吐火罗文等12门语言。曾留德十年，归国后在北京大学任教。著有《中印文化关系史论集》《印度简史》《佛教与中印文化交流》等。

亲在德国曾经爱过一个叫伊姆加德[1]的姑娘,季羡林当时非
常矛盾、痛苦,因为自己是一个有家庭、有孩子的人,最后
两人还是依依不舍地分了手。相比之下,季承觉得父亲和母
亲的关系非常不好,他还记得父亲说过:"我和你妈没感情。"
这话早已无法查证,但即使说过,也并不代表完全否定了几
十年相濡以沫的婚姻生活。

那些20世纪30年代过来的人,因为包办婚姻居多,夫
妻之间都有着巨大的文化差异,没有多少罗曼蒂克的感觉,
但是他母亲一辈子对父亲忠心耿耿,这种感情是后辈无法理
解和评价的。尤其现在老夫妇都去世了,做儿子的出来讲他
们感情不好,到底有些⋯⋯

季羡林两父子之间曾经有过十几年的隔阂,但是季老临
终前重新接纳了儿子,允许他回到自己身边,并把所有财产
都留给他。季承当时在父亲面前双膝跪下,叩头认错,现在
又在书里翻案,批评老爷子的不是,而老爷子是不能反驳的,
这是不是一种缺席审判呢?

---

[1] 伊姆加德是季羡林留学德国时,校友房东家的女儿。季羡林和她住在同一条街
上。两人相识、相爱。季羡林写毕业论文的时候,伊姆加德为他打字。最后,季羡
林在祖国、家庭和爱情之间,还是选择了前者,抱憾回国。2000年,一位女导演在
拍摄季羡林传记片时,专程前往哥廷根打听伊姆加德的下落,幸运的是伊姆加德还
在人间。她终身未嫁,而那台老式打字机依然静静地放在桌子上。

　　季羡林和北大渊源深厚，当他还是一个青年学子的时候，刚回国北大就给了他很高的待遇，相当于是伯乐和千里马的关系。几十年来季羡林都在北大辛勤工作，与校方关系相当融洽。季老也曾将很多珍贵文物和资料送给北大，但是后来又被季承拿回来很大一部分，这些恩恩怨怨一度被媒体炒得很热闹。

　　其实读这本书的时候我非常郁闷，一个学术造诣如此之高的国学大师，一生作出了这么多有形和无形的贡献，最后还将自己的一切都无偿捐献给国家，为什么他的身后会有这么多流言飞语？而有些流言又是从他亲人口中说出的，不但说了，还通过媒体广泛传播——这一点也是媒体要检讨和反思的。

　　现在媒体竞争非常激烈，只要有利可图，大家都会趋之若鹜。凭着季老的名气，只要跟季羡林这三个字沾边，足可以保证畅销。可是为什么大家不多拿一些精力去发掘季老在学术方面的贡献以及他对社会的正面影响，而非要去关注他的隐私呢？

　　这本书中有很大篇幅都与季老晚年的助手李玉洁有关，李玉洁是季老晚年最信任的人，在季老身边有十年左右。季老到了风烛残年的时候，其实对生活上已经无所谓了，他可以十年如一日地吃食堂，吃一个馒头过一天，他唯一关心的事情就是做学问。李玉洁退休以后在季老身边帮他处理各种大大小小的事务，谁要接触季老都要先经过她。季承被父亲驱逐出去后，对此一度非常愤懑，这种失落既有感情上的，也有物质上的。季老收藏有很多珍贵文物，比如有一幅苏东坡的手卷就是国宝级的东西，价值连城。

据说早些年季承也跟自己的妻子有些不愉快，后来和季老的小保姆发生了感情，季老很不赞成。那时候季承是60多岁的人了，小保姆只是个初中毕业生，这样的忘年恋并不被看好，虽然现在两个人已经有了孩子。

这些家庭纠纷都是斩不断、理还乱的陈年旧账，我觉得还是私下解决比较好。对季羡林这样一位德高望重的大师来说，他在文化史上的贡献才是最重要的，生活中的一些微波小澜根本不值一提。而且老人家已经过世了，我们还是要抱着更多的理解和感激，这是晚辈的责任，也是媒体的责任。

（主讲　马鼎盛）

White Tiger

杨宪益：白虎星照世

杨宪益（1915—2009），著名翻译家、外国文学研究专家、诗人。出生于天津一个银行世家，20世纪30年代留学牛津。与英国妻子戴乃迭合译过《红楼梦》《离骚》《史记》等经典名著。

他是翻译了整个中国的人。

White Tiger 是杨宪益先生的自传。杨先生是位大翻译家，但与我们所熟悉的翻译家不同，别人是把外国文化翻译到中国来，而杨先生最有成就的工作是把许多中国典籍翻译成英文介绍给全世界。有一些媒体甚至夸张地说，他是翻译了整个中国的人。

杨先生工作上的重要伙伴是他的夫人戴乃迭女士。戴女士是英国人，跟随杨先生到中国之后就一直留下来了。这对异国鸳鸯之间的故事也是中国知识界的一段佳话。他们俩工作的时候通常是这种情形：先由杨先生把中文书口头翻译出来，戴乃迭女士把它记下来，然后两个人再一起从头润色。这对伉俪合作了几十年，有很多了不起的成就。

White Tiger 的大陆版本译为《漏船载酒忆当年》，又译作

《白虎星照命》。何谓"白虎星照命"？杨先生说他出生的时候，母亲曾梦到有只白虎扑怀而来，相士们就说这孩子是个白虎星，将来有可能成就大事业，但同时也是个凶兆，恐怕人生中会经历很多磨难。杨先生拿这个说法当做书名，认为自己的一生就是一只吉凶参半的白虎。

杨先生是世家子弟，他从小接受西式教育，一直到出国读书，好像都没遇到什么波折，简直顺利得有点离谱。他到英国读书的时候，有一年不用怎么上学，别人可能都去勤工俭学了，他却坐着邮轮游了一圈地中海，坐的还是头等舱。可以说，他的前半生就是一个世家贵族子弟浪漫的玩耍历程。

那学业怎么办呢？杨先生说，当年去英国留学的学生大概分三种：第一种是家里有钱自费出来念的，这种人比较贪玩，成绩也还可以；第二种是公费留学的，他们没有钱，但都是非常优秀、成绩拔尖的好学生；第三种是国民党派去的特务学生，当然都是些学习很烂的家伙。

杨先生自然属于第一种，他不用功，但是人非常聪明，到英国用了不到半年就把英国孩子要学好几年的拉丁文、希腊文等基本课程都考过了。结果牛津大学硬是不相信，非要他到外头再学一年，于是他就用那一年去玩耍。无独有偶，据说他回国后认识的朋友梁实秋也是个没怎么好好学习的人，不过翻译起莎士比亚的剧本，也是十天就可以翻译出一本来。

杨先生是他们那一代很典型的知识精英，国学根底扎实，有过留洋经验，对西方文化非常熟悉，精通好几种语言，生活方式和做派也很西化，结交了很多国际友人。当然这并不妨碍他热心爱国，当年他在牛津读书的时候，就组织过抗日宣传活动。

他跟那时候的很多年轻人一样，家里有钱，信仰的却是马克思主义；一方面是个贪玩的富家子弟，另一方面又介入了改造社会的政治活动。杨先生早年加入过国民党革命委员会，后来又参加了共产党，但他始终保持着一派天真，并不是一个能搞政治的人。

这本书讲到后半部，故事就大不一样了。1949 年，很多人劝他去台湾，他拒绝了，因为他很讨厌国民党那一套，选择留在南京。等到共产党进了城，他非常快乐，觉得共产党太好了。因为他看到南京市长柯庆施，出门居然没有车，不是走路就是自己骑脚踏车。还见到了陈毅元帅，发现也同样平易近人，跟平民老百姓一模一样。他忍不住感慨，哎呀，要是中国共产党官员都是这样，那可就好了！

但是慢慢地，事情开始出现变化。20 世纪 50 年代初期，南京加拿大领事馆的一位领事收集了一批商朝甲骨文物，临走前想把它们留给杨先生。他觉得这可是珍贵的国宝，得捐给国家博物馆，赶紧要给他们打电话。他一个同事却说："这样不行，一定要先给政府打报告。"他说："还来得及跟政府报告吗？这么重要的文物不能让它流失啊！"结果，同事回答："这是老外的东西，我们哪知道是不是趁机渗透呢！"类似这种奇怪状况陆续出现。所以杨先生说，很多人以为中国人搞运动最疯狂是在"文革"，其实"文革"不过是某些东西不断累积、升温的结果。

书中还提到，那时候他自己的生活与周围人比起来要好太多，因为太太是英国人，夫妻两个可以享受外国专家待遇，吃的、住的都跟别人不一样。但他还是感慨，我们不是反对特权阶级的吗？为什么很多外国专家或政府官员，是凭级别来界定你能坐什么车，住什么房子，甚至到什么商店买东西呢？

那个年代他做翻译工作，会有很多年轻编辑给他下命令，决定该译什么不该译什么。他们的标准都很奇怪：不管什么样的文学经典都要先看它的阶级意识和立场背景。有一次，他太太想翻译一则宋朝的鬼故事，管翻译的人却不准许，因为毛主席刚说过"要打倒一切牛鬼蛇神"，鬼故事自然也在被打倒之列。

到了 1960 年，各种运动已经发展到了炙手可热的程度，常常有人找他去问话。有一次人家问："杨先生，我听说解放前你曾经跟朋友说过，你非常欣赏'狡兔三窟'这句话？"他说："对，我那时候有几个孩子，要工作挣钱养家嘛，所以要找好几份工作。"那人就说："但是这个'狡兔三窟'恐怕还有别的意思吧。比如说是不是包括你可能同时对国民党、共产党，还有外国帝国主义者效忠呢？"他觉得这种联想实在荒谬透顶。

　　杨先生为人乐观，"文革"时候他和太太被抓起来，打成"外国特务"。他非常恐慌，因为和太太是分开囚禁，彼此不知道对方的情况。但就在这种情况下，他仍尽量保持乐观。比如批斗这件事，他说："我最不喜欢单独批斗，因为很闷。但是大伙一起挨批，有别人陪着，就会变得比较有趣。"被批斗得"坐飞机"，他自己身体好，还坐得住，但看到旁边的同事一个个摔到地上，场面就会变得非常搞笑。那时候大家一起坐牢，不久身上都长了虱子，他们就玩起了虱子。传说北方的虱子，不管把它放哪儿，它都会往北走，一群人就想试试看是不是真的，结果的确如此。

（主讲　梁文道）

《牟宜之诗》

苦难的诗歌

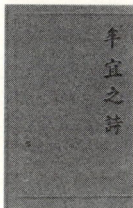

　　牟宜之，又名乃是，字去非。1909年生于山东日照一个书香之家。1938年加入共产党，协助周恩来进行国民党上层人士统战工作。新中国成立后，先后任济南市建设局局长、林业部经营司司长等职。1957年被划为"右派"，"文革"中被发配黑龙江劳动改造。1975年因山东领导拒绝接收他回家乡安度晚年，忧愤致死。1979年平反。

> 这是一位真正的孤独者，他出众的才华和高贵的人品被世人得知，已是在
> 他百年之后了。

　　《牟宜之诗》的出版使我们发现了一位极有研究价值的当代诗人。岁末严冬，我在北京收到这本朋友馈赠的诗集，一口气读完，彻夜难眠。既为书中每一首诗的精彩叫绝，也为诗人苦难的命运心潮难平。这是一位真正的孤独者，他出众的才华和高贵的人品被世人得知，已是在他百年之后了。

　　牟宜之生于 1909 年，1925 年加入中国共青团，1932 年参加日照暴动，后赴日本读书。1935 年回国，曾担任民国时期《山东日报》社社长兼总编辑。这本诗集辑录了作者 20 岁到 66 岁去世前写作的 179 首诗，时间跨度长达 46 年。这些古体诗抒情言志之优雅、运用典故之深邃、文化修养之精湛，令人叹服。比如作于 1971 年深秋的《咏史》：

> 寒林落叶岁云秋，一世英雄寂寞收。
>
> 萧墙祸端何曾料，宫帏秘事谁与谋。
>
> 权贵厮杀如豺虎，百姓躬耕似马牛。
>
> 千古立废循环事，江河无语任东流。

　　这首诗写于林彪温都尔汗草原坠机事件之后，有人解作是对林彪夺权失败的讥讽，我倒觉得这样的理解未免肤浅。这组《咏史》其实是对大历史的一种思考。比如《咏史之三》有"周公王莽事可参，自古由来信史难"以及"天道无邪不容欺，评说还须待后年"等句，寥寥几笔便道出了何等精辟的真理。

　　还有一些诗篇是作者在东京避难求学期间与房东女儿相恋时写下的，像《客居东京》《赠枝子小姐》以及《樱花临雨》等，堪比唐宋时期最好的情诗。如"纯真少女勤照料，落难英雄暂逍遥。柔情莫把雠仇忘，清酒且将块垒浇[1]"。还有"少女无言花欲语，英雄情绪乱如丝"[2] 等，都是绝妙

---

　　[1]　牟宜之《客居东京》（1933）："东瀛居处亦清寥，水竹萦回远市嚣。纯真少女勤照料，落难英雄暂逍遥。柔情莫把雠仇忘，清酒且将块垒浇。木屐宽衣谁识我，雨中缓过樱花桥。"
　　[2]　牟宜之《樱花临雨》："樱花临雨展娇姿，少女为贻花一枝。少女无言花欲语，英雄情绪乱如丝。"

的对章。

挥别了日本少女的情思，回到抗日战场，他的古体诗歌又有了唐人"黄沙百战穿金甲，不斩楼兰终不还"的古意。如《反扫荡之二》中的"今番又是何人死，愧我归来暂且存"[1]，足显诗人在抗日战场上视死如归的气概。而他晚年所作的《赏花》"寥廓平沙千万里，寂寞炊烟两三家。黄昏落日犹不倦，独倚柴门看晚霞"，又在淡然中流露出独特的文人气质。

诗集出版之后，清华大学人文学院举办了一场《牟宜之诗》学术恳谈会，从参加恳谈会的几位作家口中，我们知晓了宜之先生及其挚爱亲朋的一些逸闻旧事，可作先生不朽诗作的生动注解。

牟宜之虽然是个忠诚的共产党员，但他的家族中却有资深的国民党元老，他的姨夫丁惟汾[2]当年是国民党的宣传部长。牟宜之参加日照暴动被通缉，就是丁惟汾把他送到日本去的，同去的还有丁惟汾的小女儿丁玉隽，也就是后来的著

---

[1]　牟宜之《反扫荡之二》(1941)："鏖战终天日黄昏，宿营收队入黄村。几家房屋罹兵燹，到处墙垣留弹痕。暂拼顽躯歼敌寇，欲凭赤手正乾坤。今番又是何人死，愧我归来暂且存。"

[2]　丁惟汾(1874—1954)，字鼎丞。山东省日照市人，毕业于保定师范学校。同盟会创始人之一。1931年至1934年，任国民党中央执行委员会秘书长。1932至1937年，任监察院副院长。1954年在台北去世。

名水利专家黄万里[1]的夫人。那时丁惟汾对他们说，我这辈子
当了政客是没有办法的事，但是你们做晚辈的以后谁也不许
当政客，男的都去学工程，女的都去学医。于是到日本之后，
牟宜之学了工程，丁玉隽学了医，而那位毕生反对三门峡工
程的水利专家黄万里则成了牟宜之的表妹夫。诗集中有首长
诗《和黄兄万里》，并附有黄万里赠答的诗三首，可见牟宜之
与黄万里的亲密关系。

黄万里是黄炎培[2]的儿子，他的诗写得很好，但他后来
发表在《清华大学学报》上的《花丛小语》，曾被毛泽东批示：
"这是什么话？"他因此成了"右派"。1964年春节，毛泽东
邀请民主人士座谈的时候，对黄炎培说，听说你有一个儿子
在清华大学做教授，他对我们的水利工作提了很多意见，他
填的词我很爱读。可惜尽管如此，黄万里的诗词集还是很难
出版。

丁惟汾还有一个侄孙叫丁观海，丁观海的儿子就是获得
了诺贝尔物理奖的丁肇中，说起来，他应该是丁惟汾的重侄
孙了。

---

[1] 黄万里(1911—2001)美国伊利诺伊大学香槟分校工程博士，清华大学教授。
因反对黄河三门峡水利工程被划为"右派"。

[2] 黄炎培(1878—1965)，江苏人，爱国主义者、教育家。新中国成立后，历任
政务院副总理兼轻工业部部长、全国人大副委员长、全国政协副主席等职。

建国后，牟宜之一直都被冷落，他的厄运首先来自与国民党的家族关系。康生说过，就凭牟宜之在国民党内复杂的社会关系，他也是右派。此外他还做了一件不合时宜的事，那是他在山东济南当建设局长的时候，因为城市建设规划用地需要迁坟，结果他迁了谁的坟？江青的祖坟。

在这本诗集中，还有一些他怀念胞弟的诗作，这些情深意重的诗句见证了中国现代史上国共两党传奇般的血缘关系。牟宜之的胞弟叫牟乃红，1937年抗战爆发后，兄弟俩原本都准备从武汉八路军办事处去延安，但因为他们是丁惟汾的外甥，董必武就报告了周恩来，周恩来又报告了毛泽东。在第一次国共合作的时候，丁惟汾是国民党的宣传部长，毛泽东是副部长，两人有过共事的经历。毛泽东从政治家的角度作出指示：要大的不要小的。为什么只能留一个呢？毛泽东说，如果丁老先生家的后人都到我们这边来的话，丁先生以后跟蒋先生的关系就比较尴尬难处了。于是牟乃红在武汉住了很长时间，最后还是回了南京。1949年，他去了台湾，然后又去美国，2004年病逝于洛杉矶。

这是一个典型的国共两党同根生的故事，历史造成了兄弟两人天各一方，不得不独自走向人生命运的两极。《牟宜之

诗》出版之后，很多人发表评论。王康[1]先生就引用了1793
年法国大革命中维尔涅在上断头台前说的那句话，那是一句
被历史不断证明的名言——"革命吞噬掉自己的儿女"，闻罢
真是叫人不胜欷歔。

王康说，牟宜之先生那一代身处中国三千年未有之大变
局中最艰危、最动荡、最悲怆、最荒诞的岁月，他们经历和
承受的一切空前绝后，让我们看到还有一个群体，赋予中国
舞台以某种庄严形象和高尚记忆，他们是革命中的精神贵族、
殉道者和诗人。

牟宜之先生虽然全部采用旧体格律诗表达他对人生命运
和社会历史的感受，但他的诗作还拥有另一道精神源头。如
果将宜之先生与俄罗斯文学白银时代的勃洛克、阿赫玛托娃、
帕斯捷尔纳克、茨维塔耶娃相比较，将《纪念杜少陵》《野花》
《重阳》《咏史》《赠故人》等组诗与雷米佐夫的《俄国大地毁
灭曲》、爱伦堡的《为俄罗斯祈祷》、舒米寥夫的《死者的太
阳》，还有普宁的《罪恶的岁月》，尤其是阿赫玛托娃的《安
魂曲》、茨维塔耶娃的《祖国》相比较的话，一定会有令人惊
奇的发现。因此，在20世纪特殊的世界性命运中，他不仅充

---

[1]　王康（1949—　　），文化学者、民间思想家，重庆陪都文化有限公司董事长。
曾制作《大道》《抗战陪都》《重庆大轰炸》等电视政论片。

实了中国现当代诗歌不可或缺的悲剧成分，而且不经意间丰富了共产主义世界的另类诗歌创作。

因此宜之先生的诗作同时具有时间和空间上的双重意义，比起时下的国学热、读经运动，它更早地、更纯粹地以苦难、忧患和希望践履了中国两千多年来诗言志的伟大传统。如果《牟宜之诗》能够在20世纪80年代出版，它将会让无数中国人噙着眼泪阅读和朗诵，并掀起巨大的时代波涛，改变中国人的精神结构。

（主讲　吕宁思）

《读书随笔》

伍尔夫：英格兰百合

弗吉尼亚·伍尔夫（Virginia Woolf，1882—1941年），英国女作家，20世纪现代主义与女性主义先锋。著有《达罗维夫人》《到灯塔去》《雅各的房间》等。

她对待痛苦的方式是不停地写作。

弗吉尼亚·伍尔夫是英国著名女作家，与乔伊斯、布鲁斯特、福克纳一起被誉为四大意识流小说家，她同时还是一位杰出的散文家和文学评论家。这本《读书随笔》的内容很随意，大多是她关于文学、读书以及女性问题的看法。

关于读书，伍尔夫唯一的建议是希望人们在读书的时候不要听任何指引，只凭借着天性，用自己的头脑作出最直接的结论就可以了。当然想要让结论更客观些，最好能够同时用两种对立的态度。伍尔夫说她在阅读的时候，会假定自己是两个人，既是作者的同伴，又是这个作品的审判官。作为同伴应该是宽容的，而且不管怎么宽容也不过分；而作为审判官则应该是严厉的。这个说法比较新鲜，其实我们在阅读别人的时候，同时也在阅读自己的内心。

伍尔夫的女性意识非常强烈，这本随笔也谈到了她对女性问题的一些看法。她说，为什么这个社会总是由男人掌握着权力、财富、名誉和地位，而大部分女人总是一无所有？难道女人真的不及男人吗？这个假象其实是男人制造出来的。而女人要想真正独立也需要一定的基础，她强调了三点：一个属于自己的房间、一笔能够自由支配的钱，以及属于自己的时间。没有这些，其他一切权利都是空谈。

这是伍尔夫在 20 世纪初对女性提出的要求，现在已经是 21 世纪了，又有多少女性能够做到这些呢？我们要么没有钱，要么没时间，而拥有独立空间更是一件奢侈的事。

本书的封面是伍尔夫最广为流传的一张照片，看上去如此美丽又如此忧伤。据说伍尔夫的美貌继承自她的母亲，而她的敏锐个性和写作才华则来源于父亲。伍尔夫的父亲是维多利亚时代的一位著名学者，主编过英国的《国家名人传记大辞典》。伍尔夫从小体弱多病，常常没办法上学，但是她从父亲和母亲那里得到了很好的启蒙教育，并在家庭教师的指导下学习希腊文、拉丁文，研读了大量古典文学，这使得她思想早熟且才华横溢。她在九岁的时候就和兄弟姐妹一起办了个家庭刊物，开始了最早的写作尝试。

伍尔夫的好朋友福斯特曾经形容说，伍尔夫就像一种植物，园丁本来想让她生长在神圣的文学花坛，没想到她的枝条到处蔓延，甚至从花园小径的碎石缝里冒出来。伍尔夫的创作才能实在是非常强劲，她什么都写，没有什么东西能够熄灭她的写作热情。

从这本读书随笔中可以看出，她的阅读领域十分广泛，蒙田、笛福、托尔斯泰、陀思妥耶夫斯基，甚至包括很多哲学经典。更可贵的是，她的读后感都不是泛泛之谈，她对作家、作品都有真实而深刻的感受。

虽然伍尔夫在文学创作上很有才华，她的精神却很脆弱，在生活中也一再受到刺激。她的母亲很早就过世了，紧接着父亲也在 1904 年病故。这一系列悲剧几乎让她崩溃。为了能够开始新的生活，她搬到伦敦的文化区布鲁姆斯伯里，这也为她的创作带来了重要转机。

1904 年，伍尔夫在英国《卫报》上发表了第一篇书评，这是她在专业作家道路上迈出的重要一步。从此她一边勤奋写作，一边抵御着各种来自脆弱神经的折磨。她常常莫名其妙地头痛，还伴随着各种各样的噩梦以及狂乱的感觉。就在这种濒临崩溃的状态下，她写出了一系列传世之作。她对待痛苦的方式就是不停地写作，写作是她生命存在的方式。

弗吉尼亚·伍尔夫被誉为"英格兰百合"，百合花洁白高

雅，象征着她的人格魅力。她生活俭朴，不喜欢穿戴华服首
饰，她崇尚宁静平凡的生活，拒绝过剑桥大学的讲座邀请和
利物浦大学的博士头衔。曼彻斯特大学要授予她荣誉学位，
唐宁街 10 号 [1] 也要授予她荣誉勋爵称号，她只在日记里简单
地写了一个字，不。

　　1941 年的春天，伍尔夫像平常一样，穿上大衣，走出花
园，独自到树林里散步。正午阳光明媚，她来到河边，在口
袋里装满石头，慢慢地走到水底……说到这里，其实我并不
哀伤，因为生命的来去自有它清晰的脉络，我们无力抗拒。

　　　　　　　　　　　　　　　　　　（主讲　沈星）

---

　　[1]　唐宁街 10 号（10 Downing Street），位于伦敦威斯敏斯特区，是英国首相的
官邸和办公室，象征着英国政府的权力中心。

《达尔文，他的女儿与演化论》

要快乐须抑制本能

　　兰德尔·凯恩斯（Randal Keynes，1948—　　），
生物学家，达尔文的外玄孙，现居伦敦。

　　傲慢的人类认为自己是一项杰作，能够与神攀亲附贵。我和那些谦卑的人
则相信，人是由动物演化而来的。

　　在法国学者拉马克[1]第一次提出某种原始版的进化论之
前，大部分欧洲人都认为世界上的物种是固定不变的，哪怕
有差异也是不重要的。所以一直以来，生物学研究都专注于
物种的分类和典型，而忽略了个体的变异。

　　但是达尔文很重视个体的变异，认为变异才是最重要的。
如果一个生物个体出现了某种变异，比如一只长颈鹿的脖子
比较长，或者一头牛的牛角比较大，过去的科学家通常会把
这当成一种干扰和例外，但是现在我们知道，这种变化很可
能代表着一种新的变异，累积下去就会出现一个新的物种。
这种观念给生物研究带来很多挑战，更严重的是，进化论还
试图跨越人与动物之间的分别、壁垒。

————————

　　[1]　拉马克（Jean Baptiste Lamarck，1744—1829），法国博物学家、生物学奠基
人，他发明了"生物学"一词，并最先提出生物进化学说，著有《法国全境植物志》
《无脊椎动物的系统》《动物学哲学》等。

《达尔文，他的女儿与演化论》是一本达尔文的传记，它的笔调温柔感性，大受读者好评。作者兰德尔·凯恩斯是达尔文的外玄孙，这本书的缘起是他小时候找到了一个家族传下来的盒子，盒子的主人是一个叫安妮的小女孩，而她是达尔文的长女。

安妮 10 岁就夭折了，这个盒子是达尔文和他太太保留下来的，里面大多是小女孩的私人物品，也有一些与她有关的信件 [1]。作者在这个盒子里找到了很多探索达尔文内心世界的线索，并将这些线索与达尔文留下来的档案笔记放在一起，试图拼凑出一个完整的达尔文。

在过去的科学史上，达尔文大多被形容成一个冷酷无情的人，据说他不喜欢与人来往，连朋友的葬礼都不去，是一个无趣、自私的人。但是这本书彻底改变了这个形象。为什么在大家的印象中会觉得达尔文自私、冷酷甚至不道德呢？其实还是因为他的演化论。演化论带来的最大的危机是道德危机。假如人和动物没有分别，道德问题怎么办？我们中国人形容一个人没有良心，常常说他禽兽不如，但是达尔文的演化论却告诉我们，人与动物本来就没有分别，甚至是由动物进化而来，那么我们又怎么去判断道德呢？

---

[1] 1841 年，达尔文与埃玛的长女安妮诞生，这是他们最挚爱的女儿。达尔文经常抱着安妮玩耍，并将孩子的行为变化一一记录下来收藏。1851 年安妮感染热病夭折，达尔文痛苦地写道："对我来说，将世界上无止境的痛苦折磨，视为自然通则运行下无法避免的结果，而非上帝的直接干预，这样的解释较能令人满意。"他在信仰与自然通则中拉扯，最后选择相信自然的运行，因为只有了解自然力的残酷，才会真正了解生命。至此，《物种原始论》终于成熟，并于 1859 年出版。

达尔文年幼的时候，父亲很不喜欢他，说他除了打猎、斗狗、抓老鼠之外，什么都不关心，将来不但会丢自己的脸，还会让家族蒙羞。的确，达尔文从小就对自然界充满兴趣，他本来想当个牧师，但又对教会没有什么感觉。后来他对地质学发生了兴趣，说自己对古时的动物、缓慢裂开的地表等有着模糊的概念，觉得这些东西非常诗意。

达尔文说过，求知的人最快乐，因此他一生都在追求自然的本质。他非常喜欢华兹华斯[1]的一首诗，诗中说，主宰万物的法则终将被发现，在眼前所有的生物中制造种类和阶层，从复生的藤蔓到至高无上的人。达尔文后来果然走上了这条探索道路。在他的《秘密笔记》中，他说，傲慢的人类认为自己是一项杰作，能够与神攀亲附贵，我和那些谦卑的人则相信，人是由动物演化而来的。

谈到道德，其实达尔文的道德操守非常严谨，不然当年在接到华莱士寄来的论文之后，他就会假装没收到[2]。问题是

---

[1] 华兹华斯（William Wordsworth，1770—1850），英国湖畔诗人（Lake Poets）代表人物。

[2] 在科学史上，华莱士被认为是位英雄般的悲剧人物。他家境贫寒，没念过大学。因为对生物学感兴趣，独自在南美洲的热带雨林里过了四年异常艰苦的生活，收集了很多珍贵标本，却不幸在回程中遇到海难，失去了所有的探索记录。但他没有被击败，接着又去了婆罗洲，探险回来后将自己多年来的发现写在一封信里，寄给自己很尊重的科学家达尔文。达尔文收到这封信后非常震惊，因为他自己苦苦思考了20多年的东西，现在却被一个名不见经传的年轻人发现并抢先写出来了，那就是物种起源的大自然法则。他很矛盾，但最后还是很绅士地把信公布出来，在一个会议上宣读了远在婆罗洲的华莱士的论文，不肯专享《物种起源》的殊荣。在他看来，如果他假装没有收到华莱士的信，忽略另一个科学爱好者的研究，是非常不光明磊落的。

　　一个坚守道德的人，该如何说服自己相信道德本身就是一种生物演化的痕迹呢？如果人类说到底只是个动物，那么动物的挣扎求存应该是非常功利的。而达尔文的道德观却认为，如果人以为自己是独一无二的杰作才是傲慢的，相反，你低头看看，觉得自己和猩猩甚至蚯蚓之间的分别可能并不大，这才叫做谦卑的道德。

　　以前人们常说，道德感是神亲自盖在人身上的印记，宣告他的意图，承诺他的恩典。可是达尔文却猜想，情感与社会本能有关，人类也像其他哺乳动物一样，随着演化的过程而成为社会动物。人有本能的愤怒与报复，但经验指出，我们希望得到快乐就必须抑制这些本能，这些本能在物种保存上曾经发挥作用，但是随着外在环境的变迁，人类变得更加互助合作。攻击性和自制力之间的冲突并不奇怪。因此，我们的邪恶热情出自我们的血统，就仿佛恶魔正是我们的祖父。这种观点显然颠覆了传统的道德观，但同时也树立了一种新的道德观。人类还是需要道德，只不过我们可以不再相信，这是人类独有的、上帝赋予的神的印记。

（主讲　梁文道）

从战争中走来

《苦难辉煌》

再读红军史

金一南（1952— ），国防大学战略教研部教授，中央电视台特约军事评论员。著有《狂飙歌：前所未闻的较量》《国家安全论》《21世纪初国际冲突与危机处理》等。

红军为什么能够生存下来？因为国民党军队内部有太多裂缝，相互之间争来斗去，毛泽东很懂得这一点，带着红军曲里拐弯就走过去了。

中国人民解放军的历史要从红军讲起，红军长征的转折点是遵义会议，这次会议确立了毛泽东的指挥权。很多年以来，毛泽东的军事才能被神化了，《苦难辉煌》这本书却把他还原为一个人，告诉人们毛泽东也打过败仗。

在1956年的八届二中全会上，毛泽东自己也说，谁说我没打过败仗，我打过四次败仗。这本书提到的败仗有两次，一次是遵义会议他获得军事指挥权之后所指挥的第一仗——土城战役。在这场战役中，毛泽东犯了既不知己也不知彼的错误。

为什么说他不知己呢？当时红军刚从江西中央革命根据地撤出，说得好听些是战略转移，说得不好听是被赶出了老家，成了游击队。打仗没有根据地是很惨的，首先没有粮食和兵源补充，其次伤病员问题不好解决，像当时陈毅老总的胯骨粉碎性骨折，得好几个人抬着走。

就在这样一个节节败退的过程中，毛泽东还要选择在土城打决战，本身就是个错误。湘江战役之后，红军从八万多人锐减到三万，大部分将士不是牺牲就是被俘。在这种情况下，还要和有着优势兵力的白军在敌人的地盘上决战，注定会失败。

另一次失败是三渡赤水，毛泽东没有听聂荣臻、彭德怀等人建议，要跟中央军八纵队周浑元的部队决战。周浑元部队的兵力很强，当时以为他只有几个团，谁知道他有十几个团，而且用三天三夜筑成军事工事，加上重机枪、迫击炮等优势武器。红军一拨一拨往上冲，一拨一拨倒下去，损失惨重。后来敌军又从后面包围上来，毛泽东不得不忍痛撤退。当时连朱老总都拿着驳壳枪冲到前线去指挥了，可见那一仗败得多么惨。

今天说起毛泽东这些败仗，并不是说他不能打，毛泽东不是战神，他是一个人，但是他"不贰过"，接受了打败仗的教训，带领红军从失败走向胜利，这才是一个军事家的伟大之处。

　　《苦难辉煌》这本书主要讲红军长征的苦难。红军长征的背景当然是国共内战，但是从 1927 年到 1937 年，军阀混战其实比国共内战要严重得多，规模也大得多，最后的结果就是造成了日本鬼子乘虚而入。

　　当时，蒋介石的中央军和各地的大军阀面和心不和，一直钩心斗角，他们都把红军当成第二大敌人，最大的敌人是国民党自己。最初蒋介石把红军往南赶，一直赶到广东军阀陈济棠的地盘。陈济棠一看不好，自己在这儿经营了八年，你把共军往这儿赶，我要是跟共军打得两败俱伤，你蒋某人趁机过来把我收拾了，那我不就玩完了吗？所以陈济棠给部下的命令是，防共第二，反蒋第一。

　　当时陈济棠和周恩来有个秘密协议，说如果打不过老蒋，你就往我儿这跑。我给你一个通道，五十公里宽，你爱去湖南、广西哪儿都行，就是别在我这儿安营扎寨。当然后来他还是收拾了一些掉了队的散兵，抓了几个俘虏向蒋介石交账。所以几十年以后，邓小平见到陈济棠的儿子还说，你老爹在广东混得不坏，建设有功啊。其实最大的功劳是不打红军。

　　过了广东就去湖南，湖南的何键是毛泽东的大对头，第一他挖了毛泽东祖坟，第二他杀了杨开慧。但何键对红军也不是你死我活，而是你活我也活，开一条路让过去，什么四道封锁线，其实也是松松垮垮。湖南西边儿就是广西，蒋介石下令让何键和广西的白崇禧构成一道湘江封锁线，然后让薛岳带了十几万大军在后面围追，可是又不许打，只用些火力往封锁线上赶就行了。

白崇禧有句名言"有匪有我，无匪无我"，他心里很清楚，要是有一天红军没了，那就是"兔死狗烹"。所以他也留了一条道让红军过去，但他也要捡个便宜，拦腰侧击一下。这一击不得了，只用了一个师的兵力就把红军的后续部队打散了，这才有了血战湘江。后来陈赓、粟裕这样的名将都说，湘江那一仗打得太惨，血流成河，喝的水里都有血腥味，把红军八万六千人打得还剩三万多人就是那一战。

交了这个学费之后就进入贵州。贵州的王家烈也是这个态度，你不打我我就让你过，拿点什么吃的喝的都无所谓。然后到了四川和云南也一样，云南龙云的私家兵都是彝族，枪法很准，相当能打，但是只要不动昆明，路过一点关系都没有。四川的刘湘和刘文辉也很能打，但是只要你绕过成都、重庆往北走，他们还鸣枪送客，只要你别回头就行了。

所以红军为什么能够生存下来呢？因为国民党军队内部有太多裂缝，相互之间争来斗去，毛泽东很懂得这一点，带着红军曲里拐弯就走过去了。但是张国焘就不同，他直接南下去跟四川军阀硬碰。川军那么能打，他最后八万多人只剩下一万多，逃回陕北去了。

《苦难辉煌》这本书不但写了国共内战的局面，还分析了当时的国际局势。首先是日本侵占东北，东北丢掉以后，全国上下都对南京国民政府非常不满。有些历史书说红军北上是为了抗日，其实当时更重要的还是先生存下来，先得有一块地盘落下脚，然后才能求发展。当时毛泽东从一张旧报纸上看到，原来陕北有个刘志丹占了一块地方，周围十几个县无不赤化。毛泽东就赶紧派人去联系，这才有了后来的陕北根据地。

当然也并不是一到陕北就马上打开了新局面，当时红军的三大主力会合在一起虽然也有四五万人，但还有两万多被敌人切断在了河西。红军作了很多尝试，先是往东打阎锡山，但中央军一援助，阎锡山又给打回来了；往西是马家军[1]，往南有胡宗南，还有张学良、杨虎城的三十万大军；再往北就是一千多公里的大沙漠了，根本走不出去。

怎么办？当时的中共中央政治局已经做好了最坏的准备，

---

[1] 马家军，民国时期控制甘肃、宁夏、青海等地的地方军阀。主要人物包括马步芳、马步青、马鸿逵、马鸿宾，合称为"西北四马"。他们以家族、血缘和宗教为纽带，在承认国民党中央政府的前提下保持西北地区的治理权，并消灭损害其统治地位的其他势力。

如果一直打不开局面，就到陕南或湖北、四川的交界处去打游击。可以想象，当时的红军虽然也有好几万人，要发展出一个根据地还是非常不容易。

但是历史有必然性，也有偶然性，当时一个偶然因素的出现是"西安事变"。苏联有指示，不能用战争方式解决"西安事变"，他们认为中国现在最大的矛盾是民族矛盾，不是阶级矛盾，必须先成立一个全国统一战线。在苏联态度的影响下，"西安事变"和平解决，红军的命运也有了新的转折。

（主讲　马鼎盛）

《从战争中走来：两代军人的对话》

共和国名将风采

张爱萍（1910—2003），四川达县人，中国人民解放军高级将领。曾任华东军区参谋长、国防部长、国务院副总理等职，2003年病逝于北京。

张胜，张爱萍次子，曾任总参谋部作战部战役局局长，后下海经商。

我个人的生命安危不足惜，但如果签了字，我下面这些科学家、工程师，还有几万工人、几万解放军战士，都算站错了队，我怎么跟他们交代？

张爱萍将军是著名开国上将，他的儿子张胜当过总参谋部作战部战役局局长，父子两代都是军人并不奇怪，难得的是他们身上都有一种求实稳健的军人风范。《从战争中走来》这本书既是父亲与儿子之间的对话，也是老一代上将与新一代大校的对话。

先说说张爱萍将军的事迹，书中讲了两场具有代表性的战役，两场战役一胜一败。先说那场败仗，1941 年 1 月，日寇试图打通平汉铁路，几万日军从北向南一路狂轰滥炸。当时那一带驻守的是国民党军队，虽然人数也有十几万，但还是大败不敌，节节败退。这样一来，铁路沿线的十几个县都空了，而日军的目的只是夺下铁路干线，广大农村他们是不去的。于是中共中央抓住这个时机,派出新四军的主力部队第四师前去接防。

第四师在彭雪枫将军的带领下星夜兼程,很快完成了接收。但没想到2月日军就迅速战略撤离,国民党马上卷土重来,一看地盘被新四军占领了,二话不说就开了火。这样外战变内战,新四军吃了大亏。当时新四军虽然也有两万人,但部队是分散的,大部分将士都在农村忙着打土豪分田地,部队一时收拢不起来,而国民党军队却是十分完整的建制,其中还有一支青海马家军的骑兵师,这一通追杀使新四军损兵折将,从河南退到皖北以后,两万人只剩下一万左右了。

当时驻守皖北的正是张爱萍,他一看彭雪枫吃了这么大个亏,马上就腾出驻地接纳战友,说有好的枪械好的兵力你尽管拿去用。由此可见张爱萍将军的为人,他不会互相倾轧、落井下石。

第二场胜仗是1942年百团大战以后,日寇开始反扑皖北,围剿苏中。当时集中了三四万日军,另外还有一些伪军。新四军也有六万多人,但是武器装备不行。于是新四军的头号领导人饶漱石决定,暂时避开这个锋芒,把大部队撤出去,只留下一支偏师断后。

偏师的指挥是谁?就是张爱萍,当时他只是一个副师长,但语出惊人，说这个任务我不干。大家都吓坏了，这是中共中央华东局给你的任务，你怎么能不干呢？其实张爱萍只是年轻气盛，他本着军人的风骨，觉得见到敌人不应该这样惊慌失措，怎么还没开火就要溜呢？大部队撤走以后，张爱萍带了一个半旅对抗三万多日伪军，他纯熟地运用游击战术，充分发动群众，带着民兵、红缨枪、大刀队，把日寇搞得鸡犬不宁，结果反扫荡才两个月就结束了。这在新四军纪录上是很卓著的。但从此以后，张爱萍也不得不面对很多流言飞语，有人说他孤傲、不合群、好犯上 [1]。但张爱萍胸怀坦荡，他觉得只要把仗打好，对战友还是友善宽容一些，功过是非就留给后人去评说吧。

　　张爱萍将军一生立下很多丰功伟绩，其中有一点至今无

---

　　[1] 在《从战争中走来》这本书的腰封上，标有这样几行字：毛泽东说他"好犯上"，叶剑英说他"浑身是刺"，邓小平说他"惹不起"，儿子评价父亲则是"一个天真的共产主义者"。

人能比。作为中华人民共和国第一任海军司令，他是唯一真正指挥过海陆空立体攻岛战的将领。那是 1955 年 1 月 18 日的"一江山岛战役"。一江山岛很小，只有 0.7 平方公里，至今仍是一个无人居住的荒岛，而当时岛上驻守了一千多名国民党士兵，并设有机枪、大炮、碉堡、铁丝网、水雷、地雷等各种障碍。这个登陆战可以说是非常艰难的，虽然解放军最后拿下了这个小岛，但伤亡比率也达到了 1∶1.27，就是说，打死 100 个敌人，自己要损耗 127 个，这在国共内战当中是前所未有的。

因为拿下了一江山岛，大陈岛就唾手可得了，从此整个浙东海面都在中国人民解放军的掌握之中。有一本小说叫《踏平东海万顷浪》，写的就是这场战役，意思是只要拿下这个 0.7 平方公里的小岛，整个东海也就踏平一半了。

另外，这场战役还有政治试探作用。1954 年 12 月美国和台湾签订了军事同盟协定，中方想通过一江山岛战役试一试这个军事协定的底线，看看如果攻打台湾的话，美方会介入多深呢？结果打下一江山岛之后，美军动用了六艘航空母舰保护大陈岛撤退，这也是二战以后美国最大规模地使用航空母舰，从此中共的对台策略就比较小心谨慎了。

军科院的刘亚洲将军有一句名言，夺岛战役必须有敌人三倍的力量。比如想要攻打台湾岛，台湾起码有 16 万的陆军战斗力，那么三倍就是四五十万人，要把四五十万人同时送到一个岛上，而且是同步送到，是一个非常复杂的军事行动，其难度不亚于诺曼底登陆。

而张爱萍将军指挥的"一江山岛之战"有点诺曼底登陆的味道，因为当时的天气非常不好，风浪大，飞机出动困难。总参下命令，要求暂缓攻岛。张爱萍心说，将在外军令有所不受。他拍板说："打！"总参谋长粟裕心里打小鼓，问："你有把握没有？"张爱萍说："有，只要美国不介入我就有把握。"粟裕又问："那你有没有绝对的把握？"张爱萍说："打仗哪儿有绝对的把握——不过把握还是有的。"

他之所以有这个底气，是因为了解战场情况。他到距离一江山岛一公里外的头门山岛亲自考察过，对战斗心里有数，敢于负责，敢于承担。当然这样的举动再次招来误解和非议，不过一切迷雾最终会在事实面前烟消云散。

其实张爱萍最大的功勋在"两弹一星"（原子弹、导弹和卫星）。当时中央军委下面有一个特委，专门搞高科技，由周恩来亲自抓，聂荣臻元帅主办，毛泽东点将张爱萍任一线总指挥官，带人到大戈壁建立了原子弹基地。

张爱萍在苏联学习过，所以在引进苏联专家的时候，他很懂得如何学习先进经验，但又不盲从，给国家避免了很多损失，少走了许多弯路。比如发射潜艇导弹，一颗导弹多少钱？4600万美元。在中国人连饭都吃不饱的五六十年代，中央能下决心拨出这么一大笔款来，确实不容易。当时张爱萍带领的那些研究人员有时候吃不饱饭，还要周总理亲自特批，其实也就一天加二两粮食而已。

当1964年10月16日第一颗原子弹爆炸的时候，全国上下都不知道，只有极少数军政领导知情。从1958年毛泽东下令要搞自己的原子弹，才不过短短六年时间就搞出来了。爆完以后中南海问，是不是真的核爆？

蘑菇云升起以后，一线部队就冲到核爆中心地区取样，证实确实是核爆，然后才上报中央，发布号外。但是当时西方人并不承认，说这不过是把一个核装置放在一百米高的铁塔上引爆，距离真正的核武器还差得很远。于是张爱萍就领着科研人员继续努力，第二年又实验了一次，这次把一个庞大的核装置缩小成可以投掷的武器，但西方又说，你这个有弹没枪，只能当核地雷使。结果中国科学家继续努力，终于在1967年成功制造出了火箭核武器。

不幸的是，就在这个时候，"文化大革命"开始了，整个军事工业很快陷入瘫痪，张爱萍也受了五年监禁，江青点名说他是特务、假党员。他挨了整，两条腿和一只胳膊残废了，一只眼睛失明，肋骨也断了几根，但他拼死扛住"四人帮"的诬陷，始终不肯签字认罪。

他说，我个人的生命安危不足惜，但如果签了字，我下面这些科学家、工程师，还有几万工人、几万解放军战士，都算站错了队，我怎么跟他们交代？祖国的"两弹一星"怎么办？按照你们让工人去设计喷气式战机，能在土跑道上起飞等，那都是"一堆废铁"！"一堆废铁"这句话，在"文化大革命"期间敢说出来的，只有张爱萍将军。

"文革"结束后，张爱萍重新回到国防科技战线领导国防科技事业。1980年5月，他成功组织指挥了中国第一枚洲际导弹的发射，为国防科技的现代化和正规化建设作出了新的贡献。

（主讲　马鼎盛）

《松山战役笔记》

中国八年抗战的缩影

余戈（1968—　），曾在部队任雷达技师、宣传干事，后调入解放军出版社，现为《军营文化天地》杂志副主编。

缅甸国土上建起那么多日军墓碑和忠魂塔，不是政府行为，是民间自发的。在一点上，日本军民非常团结。

说起松山战役[1]，有人会想起电视剧《我的团长我的团》。电视里中国军队以少胜多，杀得日本鬼子一批一批倒下去，看得大家痛快淋漓。但事实是不是这样呢？看看《松山战役笔记》就清楚了。

松山是中缅边境一个要塞，滇缅公路绕不过去的地方，即所谓兵家必争之地。这块阵地只有十几平方公里，驻扎了1200多个日军，却让中方动用了三万多兵力，两个军、三个师、八

---

[1] 1942年中国远征军首次入缅作战失利，滇缅公路被切断，撤退到怒江东岸的远征军余部与日军隔岸对峙。日军在怒江西岸及滇缅公路旁的松山修建了坚固的准要塞式防御工事。1944年为了重新打通滇缅公路，远征军于6月4日进攻位于云南省保山市龙陵县腊勐乡的松山，同年9月7日占领松山。松山战役是滇西战役中关键性的战役，被称为东方的直布罗陀。

个团，整整打了90多天，最后战死4000多人，总伤亡人数逾万，才拿下来。蒋介石为此大怒，据说还在战场上枪毙了一个团长。松山战役就像中国八年抗战的一个缩影——"惨胜"。

在松山战役中，日军的确有很多值得学习的地方。有记录说，最后美军挖了个地道用了3000公斤TNT炸药，才把日军的主堡整个炸掉。主堡里面只有几十个日寇。此后的战役又继续进行了差不多一个月。那时候盟军已经有了制空权，飞机每天轮番轰炸，国民党也完全美式装备，100多辆卡车拉的炮弹只够打一天。就是这么强大的火力，而日军只有几百个步兵，加上一个炮兵中队，居然还能死守90多天，说明日军的单兵作战能力是多么强大，他们的战术和工事构筑也很出色，向这样的敌人学习并不羞耻。

松山战役结束后，有十几个日军逃回去了，这些老人现在居然借着旅游、考察之类的名义，又回到了昔日的中缅战场，自己花钱建了很多忠魂塔和纪念碑，连军马都立了碑。而中国将士牺牲了上万人所留下的纪念碑却被缅甸政府统统毁掉，我们除了痛心疾首，毫无办法。

我们在云南修公路的时候也会发掘出一些日军尸骸，为了人道主义及环保卫生等原因，一般会把他们烧了埋掉。每年都有一些日本老兵过来拜祭，一边叩头一边哭天抢地。那些老军人到了旧日战场上，依然能指出当时的阵地情况，哪怕是一个十几平方米的小阵地，也甲乙丙丁、天干地支分得很仔细。一个小小的主堡——就是《我的团长我的团》说的那个树堡，死了多少人，少尉是在哪儿死的，小队长是在哪儿死的，都记得清清楚楚。他们对松山战役的认识和分析，比中国人要深刻得多。

日本人不忘历史，只要是为国家献身的，哪怕是一个普通士兵，也会要求把他的遗骨带回去。那些日本旅游团过来的时候，会出很高的价钱收购军人的遗骨，比如一根手指骨就给一台彩电——80 年代一台彩电可不是小数目；谁要是能找到一个完整的军官头骨，甚至可以给你一辆汽车。缅甸国土上建起那么多日军的墓碑和忠魂塔，不是政府行为，是民间自发的。在这一点上，日本军民非常团结。

（主讲　马鼎盛）

《奇怪的战败》

为国捐躯的史学大师

　　马克·布洛赫(Marc Bloch，1886—1944)，法国历史学家，年鉴学派创始人之一。曾在斯特拉斯堡大学、巴黎大学任教。1929年与费弗尔共同创办《社会经济历史年鉴》杂志，标志着年鉴派的形成。著有《法国农村史》《封建社会》等。

　　处决那一天，他们四个人一组，站在墙壁前面，旁边一个十六岁的少年颤抖着问这位五十多岁的长者，会疼吗？长者回答，不要怕，一下就过去了。这是大师最后的遗言。

　　"这些纸页将来有可能发表吗？我不知道。无论如何，可能在很长一段时间内，只有我最亲近的人才能看到，别人要过了很久以后才能读到它们，但我还是决心写出来。这是我们历史上最难以忍受的时刻，无知和欺骗的迷雾将一点一点被揭开。也许将来那些致力于穿透它们的研究者，如果他们还能够发现它的话，将会发现翻看这份 1940 年的笔记，还是有些益处的。"

　　这是《奇怪的战败》一书的开头。从中可以看出，这应该是一个历史事件亲历者的记录。在巨大的灾难面前，他并不知道自己所写的这些东西会不会被湮没。这让人想起司马迁的《史记》，伟大的历史学家在完成了艰巨的著述之后，甚至不敢奢望会有更多人读到它，只希望可以"藏诸名山，传于后人"，能够给未来留个见证。

马克·布洛赫是知识分子中罕有的巨星，是 20 世纪最有影响力的史学流派年鉴派的创始人之一。他的一生相当传奇，先后参加过两次世界大战，他在一战中立下赫赫军功，二战爆发的时候他已经 53 岁了，在巴黎大学当教授，但他还是毅然投笔从戎。可惜法国军队不到一个月就溃败了，他只好转入地下抵抗，后来被盖世太保逮捕，在诺曼底登陆的前几个星期被枪杀。

这本书无疑是沉重的，这位为国捐躯的历史学家过去一直都在挖掘前人留下的证据和记录，从中组织和构筑自己的历史观。但是这一次，他却以一个历史参与者的身份，亲自留下一份证言。书中反省了法国为什么会有这样奇怪的战败，而且败得这么彻底。在生命的最后一刻，这位爱国学者反思战败根源，对他的祖国作出了毫不留情的批判，尤其对法国军队的愚蠢错误进行了严厉指责。

这支军队糟糕到什么程度呢？ 1939 年 5 月一个晴朗的日子，负责储备库的法军军官在大街上看到一些坦克，觉得它们的颜色有点奇怪，与当时法国军队使用的所有坦克都不一样，而且它们活动反常，都向着与前线相反的方向开去。于是他就走过去，试图截停那些弄反了方向的坦克，这时候旁边有人紧紧拉住他："小心！那是德军的坦克。"

可见法国军队腐烂到什么程度！敌军的坦克长驱直入，法国军官还摸不着头脑呢。布洛赫提到这些军官的自大和愚蠢就感到愤怒。相比之下，德军战胜法国更多是一种理性层面的胜利，那就是运用最新的战略战术，用高速的运动战和准确的情报，包括灵活机动的管理组织形式以及现代意义上的创新精神击垮了法国。

尽管如此，这位伟大的历史学家还是深深眷恋着自己的祖国。不要忘记，在就义之前，他曾被拔掉指甲，施以火刑，浸以水刑。处决那一天，他们四个人一组站在墙壁前面，旁边一个十六岁的少年颤抖着问这位五十多岁的长者，会疼吗？长者回答，不要怕，一下就过去了。

这是大师最后的遗言。

（主讲　梁文道）

《被遗忘的士兵》

普通人的战争

　　盖伊·萨杰，出生于法国阿尔萨斯，1942年应征入伍，当过运输兵，后转入德国陆军最精锐的部队——大德意志师，并参加了几乎所有的重要会战，包括斯大林格勒会战、明斯克会战、库尔斯克会战、第聂伯河会战和德国国内的防御战等。

老百姓是天生反战的，因为战争对他们来说没别的，只有鲜血、眼泪和死亡。

关于二次世界大战期间苏德战场的回忆录汗牛充栋，《被遗忘的士兵》的特色在于它是一个德国士兵写的。斯大林有一句名言："胜利者是不受谴责的。"刘少奇也说过："历史是人民写的。"那么，这段由纳粹德军所写的战争史会是什么样的呢？

作者盖伊·萨杰 1942 年参军时还是个 17 岁的小伙子，他父亲是法国人，母亲是德国人，所以他后来被盟军俘虏，人家问他是哪里人？他自己都说不清楚。二战中，盖伊·萨杰用两条腿走遍了苏联战场，他亲历过哈尔科夫战役、斯大林格勒血战还有库尔斯克大会战，居然没怎么受伤。这种从战场上活下来的老兵才有资格去讲战争，他讲出了一些大家以前都不愿意正视的事实。

在他看来，当时德军的战斗力要比苏军强太多。作为一个普通士兵，他所接触的也就是一个连或一个营的战斗，视野不过数十里之内。他所在的那个连击溃了几倍于他们的苏军。1944 年之后，他们的火力武器已经没什么优势了，制空权也被苏军控制，但库尔斯克会战的时候，他们那几个连的八百人仍然打败了两千俄国人。德国战报记载，当时有一个方面军是 8 万人击溃了 40 万苏军[1]。

他认为德军战斗力强主要靠的是纪律。他们被俘虏之后，纪律还是非常整肃，会很有秩序地把食物和帐篷之类的稀有资源先让给伤员。如果军官们一声令下，大家会马上整齐地集合起来，尽管可能都衣衫褴褛或缺胳膊断腿的，但还是能很快排成整齐的队列。这是几百年前普鲁士军团留下来的传统，德军就是靠着这样超强的纪律性和战斗力，在一年多时间里一直打到莫斯科和斯大林格勒。

盖伊·萨杰开始只是个辎重兵，搞后勤的。但这个工作也很重要，因为到后来苏德战争不止在前线打，后方也在较

---

[1] 苏德战场被称为 20 世纪最为惨烈、最为血腥的战场，是因为这场战争导致了惊人的伤亡情况。苏联的伤亡数字：军队共亡 916.48 万，平民死亡 1740 万，总亡近 2660 万，全国成年男子有一半非死即残。

量。德国的补给线多次被游击队切断，游击队都是些老百姓，没经过什么训练，武器装备也不行，很轻易就被德军击溃，但是他们却可以趁机烧掉你的辎重，把列车炸掉，把粮食毁掉。

毁掉一趟列车，就等于消灭了德军一个团。因为在冰天雪地的俄罗斯大平原上，没有吃的、没有烧的，不用打仗就活活冻死了。盖伊·萨杰亲眼看到很多德国兵不是死于枪炮而是死于冻饿，他们当时只要一杯热咖啡就能活下去，但是没有。

作为一个辎重兵，他感受最深的是苏军打不完的炮弹，苏联人可以连续八小时不停轰炸，哪条战线能经得住这种炸法？简直可以把人的灵魂炸出窍。作者说，那时候他才知道什么是勇敢，真正的勇敢根本不是电影上演的，什么毫无畏惧，一往无前。真正的勇敢是一边被苏军轰炸吓得尿了裤子，一边还要拿起武器作战。就是这种尿了裤子的士兵，你问他下次还当不当敢死队，他还要去当，那才是真正的勇敢。

书中也反思了德军的失败，苏联的胜利是"得道多助"，得到了美国和全世界的物资帮助，而德军后来已经被困在北大西洋和地中海之间，东面是茫茫无际的俄罗斯大平原，西面、北面、南面都是海。而海洋是英美联军的天下，跟百战百胜的德国陆军没关系。所以德军虽然骁勇善战，但他们缺少两样东西，一是资源，二是辽阔的领土。苏联有 2240 万平方公里的疆域，即使把乌拉尔以东都占领了，它还有辽阔的西伯利亚。如果没有资源和人力，最后耗也耗死你，所以这仗根本没法打。

书中也提到战争的残酷，比如屠杀俘虏，在激战中，可能一支一千人的部队要带两千俘虏，怎么带？这些可都是兵，拿起枪来就能作战，所以杀俘虏是双方都发生过的。还有就是扔掉伤员，很多时候这是命令，因为如果不丢掉，大家一起死，肯定没活路，丢掉了还能活一个，以后再回来报仇。所以战争的残酷是一般人无法想象的。

不过战争也有人道的地方，作者说他虽然是一个很小的二等兵，但在战争中也享受过好几次休假。虽然休假一路上也是千辛万苦，从前线回到后方有几千公里，还要躲避轰炸和袭击，跟打仗差不多。不过他们都很珍惜休假的机会，毕竟在你死我活的搏杀中，人需要精神上的缓和。

（主讲　马鼎盛）

《士兵突击》

中国特种兵诞生记

兰晓龙（1973—　），湖南邵阳人，毕业于中央戏剧学院，北京军区战友话剧团编剧。曾创作剧本《我的团长我的团》《生死线》等。

　　其实特种兵就三个字：不可能。

　　《士兵突击》的故事大家耳熟能详，讲一个不懂事的农村
孩子许三多，最后如何变成了特种兵的兵中之王。特种兵在
现代战争中的作用越来越重要，他们不像狙击兵，狙击兵枪
打得再准，也只能一个一个消灭敌人；而按照《士兵突击》
的说法，特种兵是中央军委直接控制的战略性部队，其威力
相当于一枚核弹。

　　这种说法有没有夸张呢？当然没有。在战争中，如果中
国面对的是比自己军事力量强大数倍的超级大国，这种不对
称的超限战就必须使用特种兵。他们可以潜入敌国心脏，在
那里引发核战争和生化战争，从而起到牵制敌国的战略作用。

　　特种兵的选拔是非常严苛的，比如说一个神枪手，你在
市里能打第一名，算是几千人里数得着的；在军队打个第一
名，算是几万人里的老大；只有能在整个大军区拿前几名，

才有希望进入特种兵。但也只是有希望，因为对特种兵来说，百步穿杨只是最基本的要求。

《士兵突击》里有这么一段，说有一个空降伞兵特种兵，他11种枪械都能打出优秀，但是到了老A（大军区的特种兵大队）就过不了关了。因为老A的要求是负重几十公斤，跑了十公里之后，差不多是在气喘吁吁的情况下，闭着眼睛把一堆分解的枪械在很短的时间内装好，还要在不能校准的情况下拔枪就打，在很短的时间内打完20发子弹。成绩单一拿出来，那些大军区里拔尖的神枪手很多都不及格。

特种兵不但要枪法好，还要会爆破、绘图，将来深入敌后能为大部队打开一条最好的战略通道，选择一个最好的攻击点。例如，在阿富汗战争和伊拉克战争中，如果有一枚带有生化武器的飞毛腿导弹打到以色列，整个中东战争就会乱成一锅粥。这时候要派特种兵穿过沙漠到敌后，找到飞毛腿导弹的发射基地，然后指引自己方面的火力去摧毁它。

其实特种兵就三个字：不可能。许三多经过一次又一次超乎常人的考验，在身体、精神和心理上都经受巨大压力的情况下还能发挥出最大潜能，最重要的一点是他对祖国、对军队、对信念的无限忠诚和献身精神。培养这么一个特种兵不是花多少钱的问题，也许几千、几万人里面也挑不出一个。

这样的士兵是如何成长起来的呢？按许三多的话来说，他们虽然是特种兵，同时也是步兵，步兵就是一步一个脚印走出来的。许三多就是从一个完全不懂事的农村孩子，成长到掌握了全面的战斗技能，能够完成艰巨战略任务的士兵。

从《士兵突击》中还可以看到中外特种兵的区别。我们军队的高层领导曾经说过，中国和美国在军事上的差距至少有20年。许三多这样的农村孩子也正代表了中国贫穷、落后、文化水平不高的特种兵，他们如何能够与美国军队、俄罗斯军队匹敌呢？

有一点我们必须承认，中国是个几十年没有战争的国家，离我们最近的中越边境反击战，是1979年2月17号开始的，3月5号就结束了。后来虽然也有过断断续续的边境小骚动，但都算不上战争。就连这样的小骚动到1988年也已经完全没有了。今天20岁的孩子，都是在完全没有战火硝烟的和平时代长大的，现在部队里面中校以下的干部，可以说都没有真正上过战场。

就拿许三多来说，他是一个心地善良的农村孩子，从来没有杀过人。但是作为特种兵进入战场以后怎么办？不能杀人怎么执行任务？有一次许三多在边境执行任务，面对的一帮贩毒分子都是死有余辜的亡命之徒。但是在生死瞬间他起了善心，对敌人手软了，差点儿中招，当他反应过来的时候，一出拳就打碎了毒贩的咽喉，把他结果了。

就是这一下使他的人生观念彻底转变，以前他面对毒贩总是扣不下扳机，嗓子发干，浑身出汗发抖，这不是一个狙击兵应该有的行为。因为他过不了生死这关，对敌人下不了杀手。这其实不是他一个人的问题，任何人都不会轻易杀人，但是不能杀人怎么参加战争呢？

在老山战役中，有一位叫向小平[1]的英雄，他曾经用31发子弹击毙30名敌人，重伤一名，重伤那个就是因为他第一次开枪打人，下不了手。但是后来他看到越军要伤害自己的战友，才将他击毙。要夺取一个活生生的人的生命，这一关是不大容易过的。对一个士兵来说，这种心理训练非常重要。

好在许三多最后过了这一关，像他这样千千万万的青年战士，在拥有了杀敌技能和良好的心理素质之后，才有可能锻炼成一支能刺刀见红的队伍。就算没有仗打，中国早晚也得参加联合国维和部队去接触实战。

《士兵突击》提到了中外特种兵的比较，其实中国经常派特种兵出境，到南美洲、亚马孙河等地与世界各国的特种兵一起同场较量，也并不输于他们。所以咱们也不要迷信，好像中

[1] 向小平（1966—　），四川南充人。1988年5月，中央军委主席邓小平签署命令，授予向小平"战斗英雄"的光荣称号。

国特种兵的实力就比不上外国人。"别斯兰事件"[1]发生的时候，俄罗斯动用了最精锐的"信号旗"特种兵[2]，那是他们最顶尖的部队，结果还是不得不用炮轰开体育馆的墙和天花板，"信号旗"强攻进去之后两死四伤，是他们建队之后最大的一次伤亡。

美国第七舰队来中国访问的时候，跟我们进行过十项全能比赛。那些美国水兵看上去很彪悍，但中国人在灵活性和群体合作方面更具优势。当然也不能不承认，西方国家在信息设备和特种枪械方面很有优势，但真正打起仗来，中国靠许三多这种出身艰苦但信念坚定的士兵，不一定就克服不了20年的军事差距。

（主讲　马鼎盛）

---

[1]　2004年9月1日上午，一伙身份不明的武装分子突然闯入俄罗斯南部别斯兰市第一中学，将参加新学期开学典礼的学生、家长和教师赶进学校体育馆劫为人质，并在体育馆中及周围安放了爆炸物。俄罗斯军方包围了学校三天，试图解救被围困的平民和学生，事件在9月3日结束，但导致326名人质死亡，成为俄罗斯最严重的恐怖主义袭击事件。

[2]　1981年苏联组建了一支特种部队，用于在境外从事秘密特工活动，委托克格勃C局（秘密谍报局）具体负责。新的特种部队取名为"信号旗"，对外名称是"苏联克格勃独立训练中心"。1991年改编成反恐部队。

《上帝之拳》

海湾战争的绝密内情

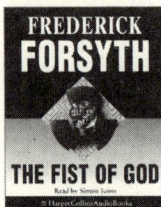

弗雷德里克·福赛斯（Frederick Forsyth，1938— ），英国小说家，曾任皇家空军战斗机飞行员、路透社东柏林局首席记者、BBC 的广播记者。著有《豺狼的日子》《谍海生涯》《轻柔说话的风》等。

能不能找到巴比伦大炮，并在开战之前把它销毁，成为伊拉克战争成败的关键。

1990 年的海湾战争是一个很复杂的故事，这场战争的焦点是核武器，美国打伊拉克的最大理由就是伊拉克藏有核武器，虽然战后证明他们并没有。但是当美英盟国加上以色列决定发动战争的时候，还是发现伊拉克拥有一种颇有威力的秘密武器——所谓的巴比伦大炮[1]。

巴比伦大炮是如何被发现的？当时，伊拉克被监测到一直通过很多秘密渠道从欧洲购买一些管子，这种管子有点类

---

[1] 巴比伦大炮是伊拉克在火炮专家布尔博士帮助下建造的一种超级大炮，也是有史以来最大的大炮，炮重 2100 吨，长达 150 米，据说，这门大炮能将两吨重的火箭弹送入太空，可用来发射卫星。1989 年，伊拉克将"巴比伦幼儿"大炮安装在伊拉克中部、巴格达以北 144 公里以外的隐秘场所，大炮被固定在坡度为 45 度的山坡上。这门大炮的制造者布尔博士，1990 年 3 月 22 日自己的公寓门口，被不名杀手枪击丧命。

似输油管，但是它对坚固程度的要求更高。美军就怀疑它是发射器的一部分，据说把很多条这种管子接起来，超过一百公尺，就可以发射巴比伦大炮的炮弹。

这个秘密武器瞄准了科威特的一块三角地带，那儿也是联合国军队收复科威特的必经之地，如果在军队集合在那里的时候发射一枚大炮，死伤人数可达十万。如此惨重的代价是联合国军队无法承受的，所以能不能找到巴比伦大炮，并在开战之前把它销毁，成为伊拉克战争成败的关键。

《上帝之拳》讲述了马丁少校如何深入伊拉克腹地，成功找到巴比伦大炮，并用激光指示器引导美军的轰炸机把它炸毁的故事。马丁少校是英国特勤部队的特种兵，当然这种事情肯定不是他一个人背着炸药去就能成功的，但是他作为特工人员还是发挥了很重要的作用。

前不久发生过一个类似事件，美国的16架战机——8架F15作掩护，8架F16满载着炸弹，直奔地中海岸的叙利亚，成功炸掉了叙利亚的核设施，然后安全返回，16架战机毫发无损。来回2000公里的远程飞行并不难，关键是，你如何做到把几十吨炸弹准确地扔到核设施上？这就要靠特工人员发挥作用了。

巴比伦大炮也是这么炸的。那么，马丁这些特工人员是如何潜入伊拉克的，空投下去的？空投技术并不罕见，但这种特技空投要求高空空投，低空开伞，就不是一般人能够承受得了。飞机在一万多米的高空把人扔下去，那里的温度是零下30~40度，自由落体速度是每秒60~80米。也就是说，人先要经过几分钟的彻骨冰冷，然后在失去意识和方向不明的情况下，在400米的低空瞬间准确开伞，每秒60~80米的高速马上变为每秒5~8米的低速，这一拉一扯，不是常人所能经受得住的。但马丁少校就这样带着几个助手成功跳伞，然后背着沉重装备爬山越岭，找到了巴比伦大炮，准确引导了炸弹发射。

书中讲述了特种兵的许多神奇之处，比如在伊拉克战场上，有的狙击手最远可在一千码以外的地方一枪命中敌人。而马丁少校精通阿拉伯语，长得也很像阿拉伯人，又在伊拉克长期生活过，这样的特工自然难得。反过来想一想，如果有敌人派这样的高级特工来破坏中国的军事设施，中国的特种部队有能力反击保卫战略目标吗？

（主讲　马鼎盛）

图书在版编目（CIP）数据

我读 . 3 / 凤凰书品编 . —长沙：湖南文艺出版社，2011.6
ISBN 978-7-5404-4908-7

Ⅰ . ①我…　Ⅱ . ①凤…　Ⅲ . ①书评—中国—现代—选集
Ⅳ . ① G236
中国版本图书馆 CIP 数据核字（2011）第 066226 号

我读3

编　　者：凤凰书品
责任编辑：丁丽丹　刘诗哲
监　　制：蔡明菲　潘　良
特约编辑：杨丽娜
营销编辑：闫　硕
封面设计：张丽娜
版式设计：姜利锐
出版发行：湖南文艺出版社
　　　　　　（长沙市雨花区东二环一段 508 号　邮编：410014）
网　　址：www.hnwy.net
印　　刷：北京盛兰兄弟印刷装订有限公司
经　　销：新华书店
开　　本：775×1120　1/32
字　　数：150 千字
印　　张：8.5
版　　次：2011 年 6 月第 1 版
印　　次：2011 年 6 月第 1 次印刷
书　　号：ISBN 978-7-5404-4908-7
定　　价：32.00 元
（若有质量问题，请直接与本社出版科联系调换）